U0042252

# 深夜食堂

(シンヤショクドウ)

16

安倍夜郎

# 菜單

# 清晨6時

# 第 212 夜◎烤玉米

烤玉米的時候，我會把店門稍微拉開一點。這樣一來，常會有新客人被香味吸引進來。看吧！
有烤玉米嗎？
嗯，現在正在烤。

……
不好意思，再給我一根烤玉米！
好。
真羨慕啊，我這口牙根本沒辦法……
我會卡在牙縫之間。
嘻嘻。
刷

來，久等了。
這裡一直都有烤玉米嗎？
不是一直都有，只有這個月有。其他就看我心情。
菜單就那樣，但客人要是有想吃的菜，只要做得出來我就做。
豬肉味噌湯定食 六百圓
啤酒（大） 六百圓
日本酒（兩合）
燒酒（一杯）
欸，真有趣！
有空常來。我們最歡迎年輕的美女。因為店裡都是歐吉桑。
是歐吉桑，真抱歉啊。
哈哈哈，我會再來的！
她叫小夏，老家在北海道，職業是美甲師。五天後——

那個小夏，長得是很可愛，但是有好多刺青。
我也有。不過都刺在不能免費看的地方。嘿嘿……
……
時代不一樣啦。我們那時候……
咦？老闆也有？
嗯……
喀啦
歡迎光臨……
?!

大家好。
?!
咚～咚～
嚇一跳吧？這是我的雙胞胎姊姊。
我是姊姊小春。
雙胞胎真不可思議，整整三年不見，今天竟然紮同樣的髮型。
就是啊，好驚訝。
嘿，真有趣。
嗯～

別看小春這樣，她有可愛的兒子跟帥哥老公喔！
真是…
咦，看不出來有小孩呢。
老闆，我要烤玉米。小春也要嗎？
哈哈，也是。這家店只要點菜老闆就都能做。妳也點個什麼吧？
這樣啊?!呃，要點什麼呢～
我不用，今天才剛剛從北海道來。
小春遲疑了半天，最後點了豬肉味噌湯。這對雙胞胎真的長得一模一樣，只差在刺青。

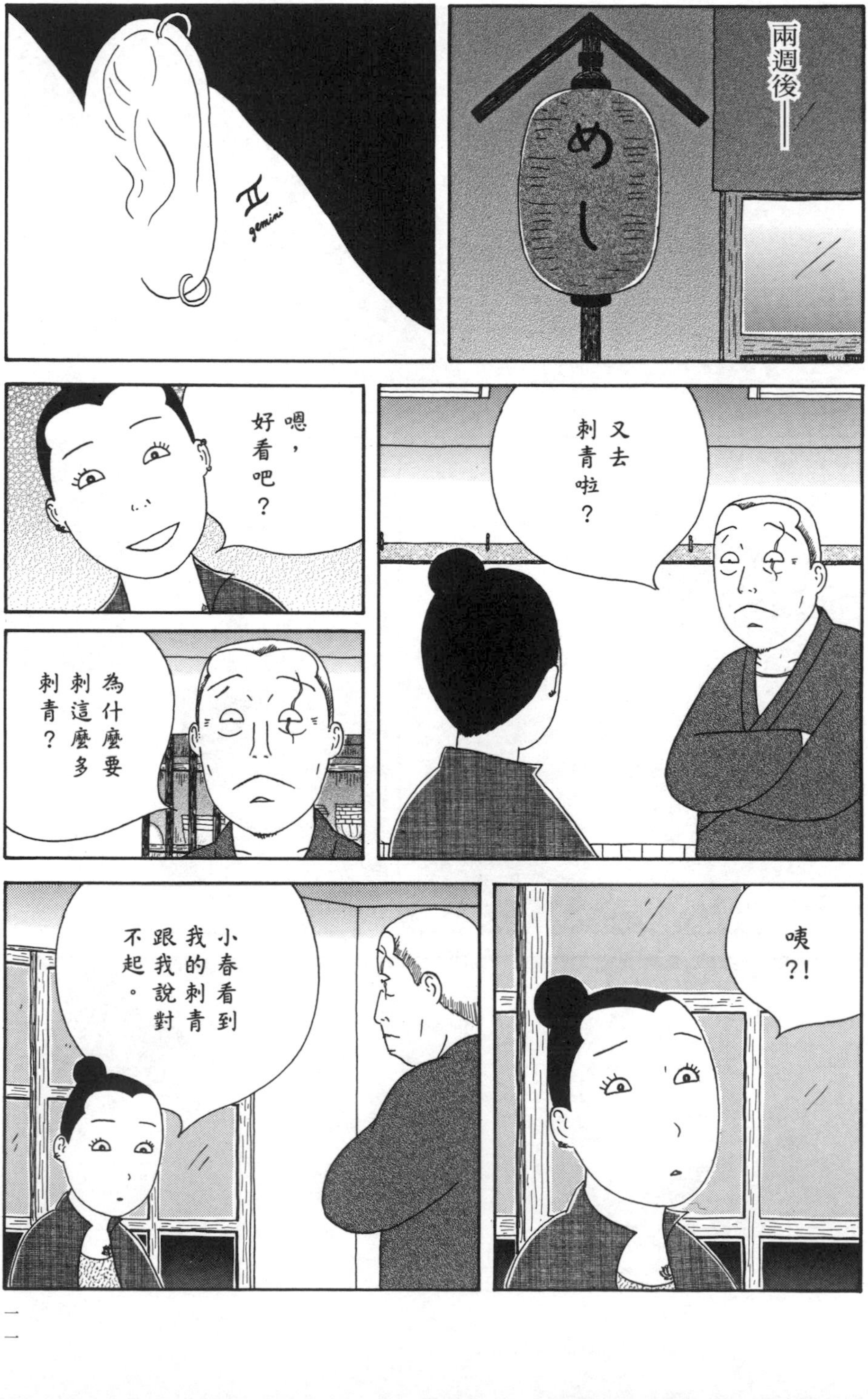
兩週後——
めし
gemini
又去刺青啦？
嗯，好看吧？
為什麼要刺這麼多刺青？
咦?!
小春看到我的刺青跟我說對不起。

小夏，對不起。
咦?!
小夏會去刺青，是因為我吧……
因為我跟裕也交往了……
妳在說什麼啊?!
雙胞胎還真是不可思議，居然同時喜歡上同一個人。
……

去學校的電車上，有個大學生總是在看很難的書。
我感冒請假的那天，那個人向小春告白……就是她現在的老公。
……
小春跟他交往的那天，我去刺了一個小小的刺青，高中畢業就到東京來了。
為什麼是小春，不是我呢……
不是的，
才不是因為小春。我從以前就一直想刺青。

小夏妳真溫柔。
跟小夏當姊妹太好了，謝謝妳……
小春。
然後我跟小春就像小時候那樣，一起睡在一張小床上。
真是好姊妹。
嗯。
小春可能有什麼預感吧……隔年，她突然急病去世。小夏為了照顧她的孩子就回北海道去了，現在跟小春的丈夫三個人住在一起。
限點三杯酒
（一杯）四百圓
夏天時，小夏送了玉米來。信上說她馬上就要生小孩了。

# 第213夜◎紅燒鰈魚

辛苦了。
四月是新年度的開始，也是辦公室因為新進社員跟人事異動而出現新面孔的季節。
呼哈—
說來不好意思，但我怎麼看，古川都像是若田的上司啊！

是吧?!今天去參加客戶的趴踢，大家幾乎都把名片給這傢伙。
我一副老臉，不好意思啦。
你們差幾歲啊？
我大四歲，三十三。
看不出來呢……
是若田先生太會裝年輕啦。
才不是裝年輕呢！我本來就很年輕啊!!
喂喂。

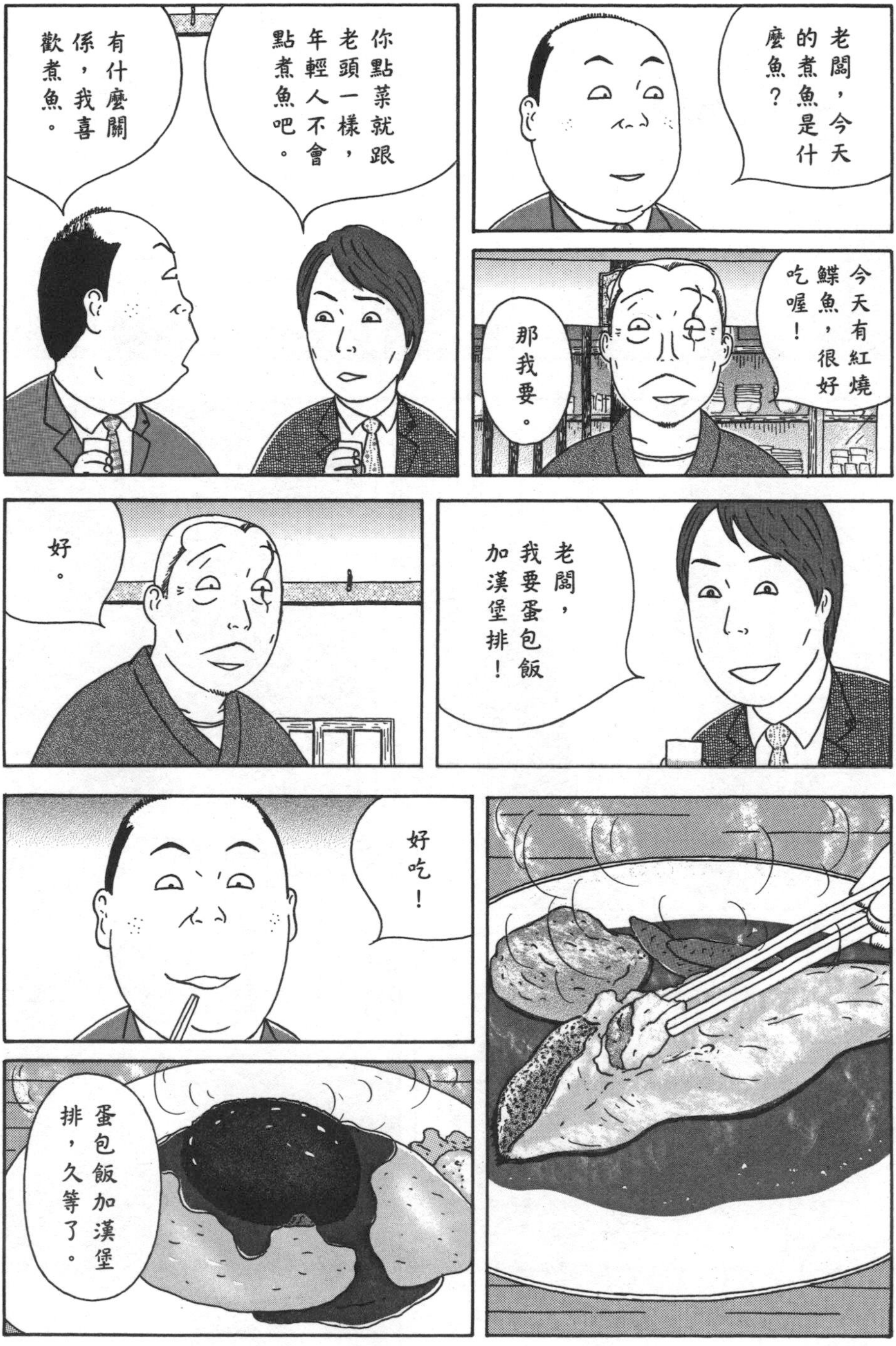
老闆，今天的煮魚是什麼魚？
你點菜就跟老頭一樣，年輕人不會點煮魚吧。
有什麼關係，我喜歡煮魚。
今天有紅燒鰈魚，很好吃喔！
那我要。
老闆，我要蛋包飯加漢堡排！
好。
好吃！
蛋包飯加漢堡排，久等了。

就是個小朋友嘛。
少囉唆。
數日後
SQUARE
BAR
喀啦
歡迎光臨。
來，久等了。
你同事呢？
客戶那裡的女前輩突然叫他過去吃飯。若田先生很受歡迎呢。

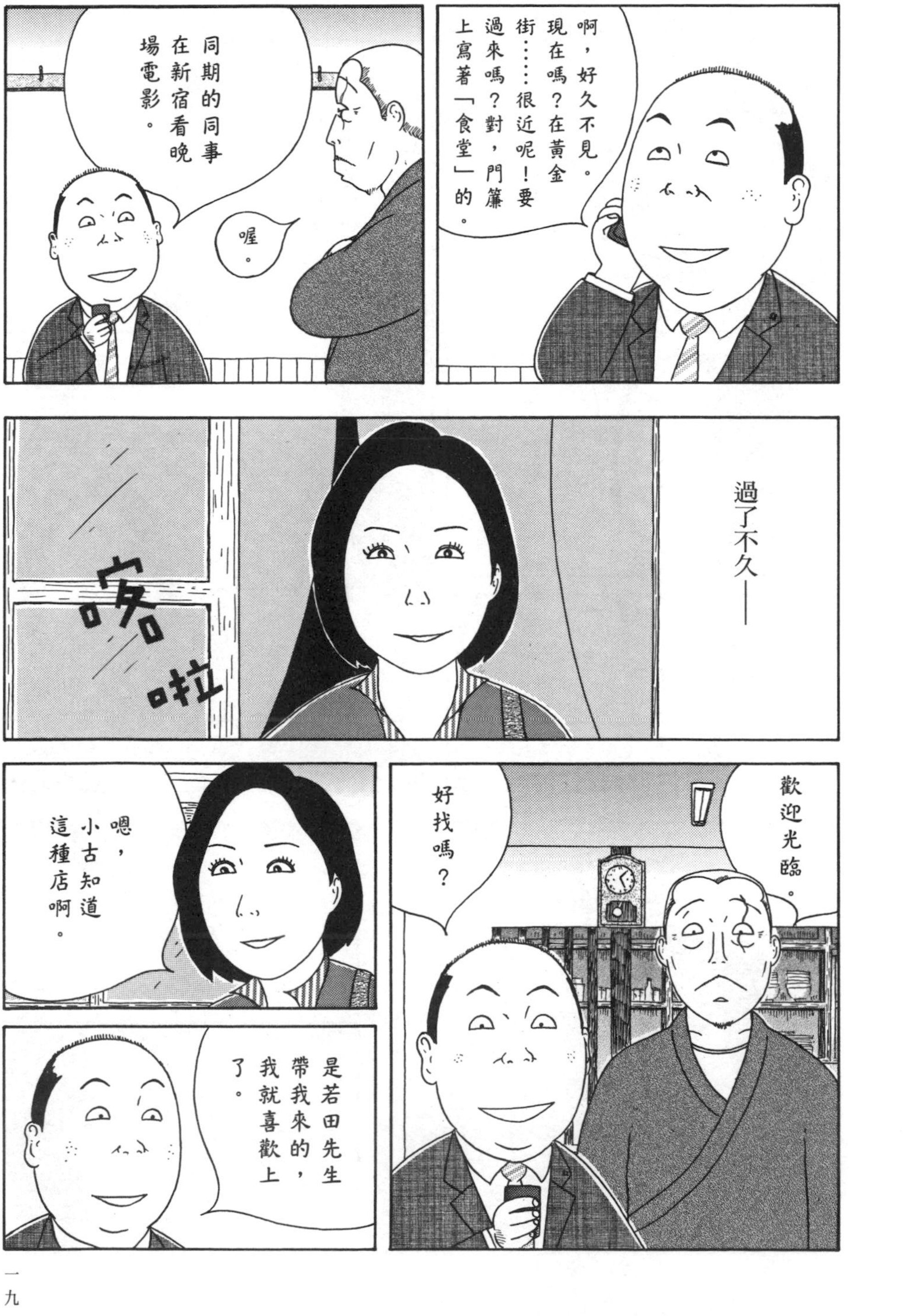
啊，好久不見。現在嗎？在黃金街……很近呢！要過來嗎？對，門簾上寫著「食堂」的。
同期的同事在新宿看晚場電影。
喔。
過了不久——
喀啦
歡迎光臨。
好找嗎？
嗯，小古知道這種店啊。
是若田先生帶我來的，我就喜歡上了。

這樣啊……
?!
メンズフェイスマスク
這個掉到地上了，是小古的嗎？
啊！
小古敷面膜啊。
男人也要顧面子啦。
高峰妳常去看晚場電影嗎？
呼

是第一次看。因為突然有空……啊，肚子餓了。
這裡只要點想吃的東西，老闆都可以做。
欸，這樣啊。
要點什麼呢……
老闆蛋包飯加漢堡排。
喀啦
我也要！
若田先生?!
！
喏，若田～
小古，我們走吧！
！

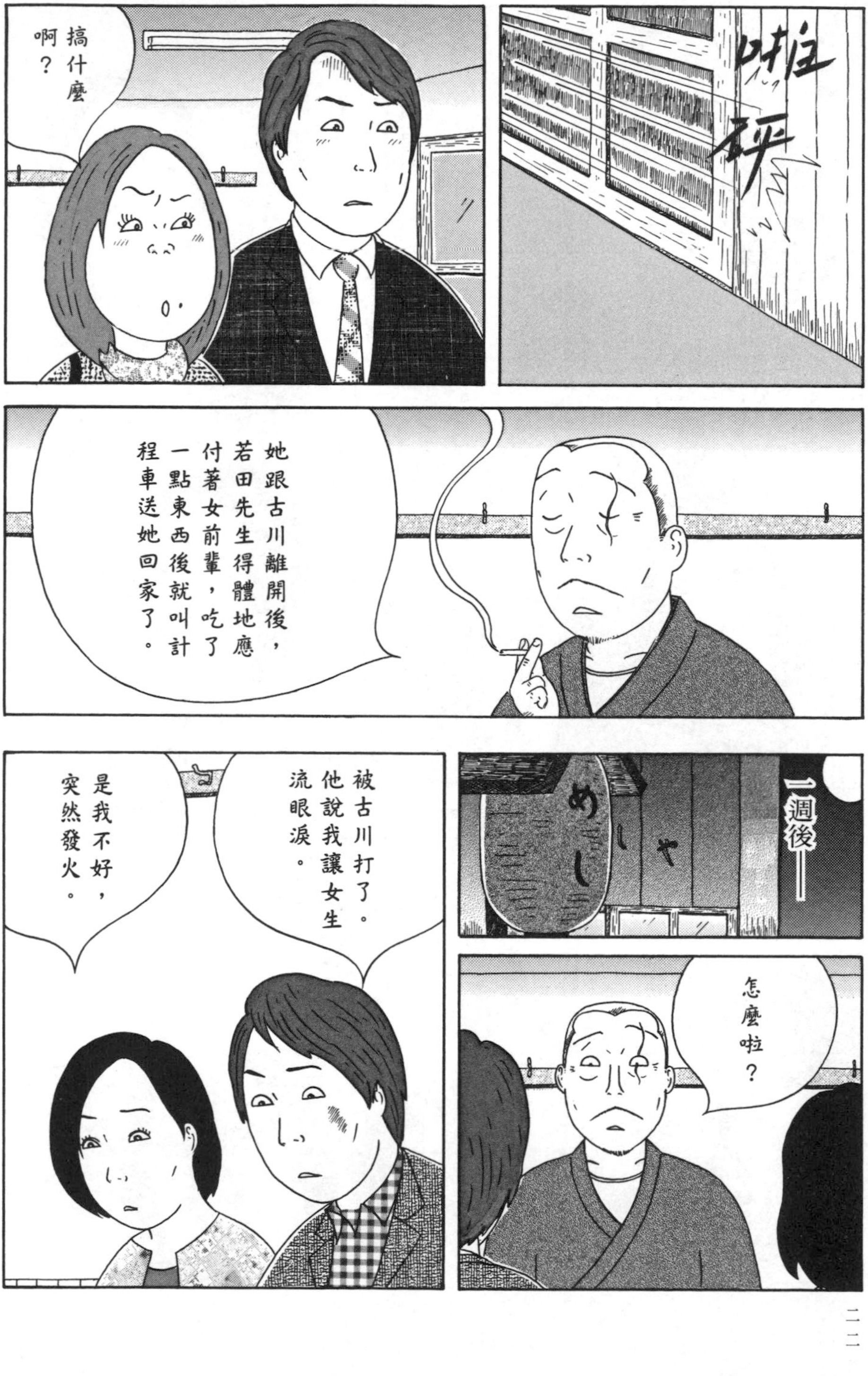
啪
砰
搞什麼啊？
她跟古川離開後，若田先生得體地應付著女前輩，吃了一點東西後就叫計程車送她回家了。
一週後
怎麼啦？
被古川打了。他說我讓女生流眼淚。
是我不好，突然發火。

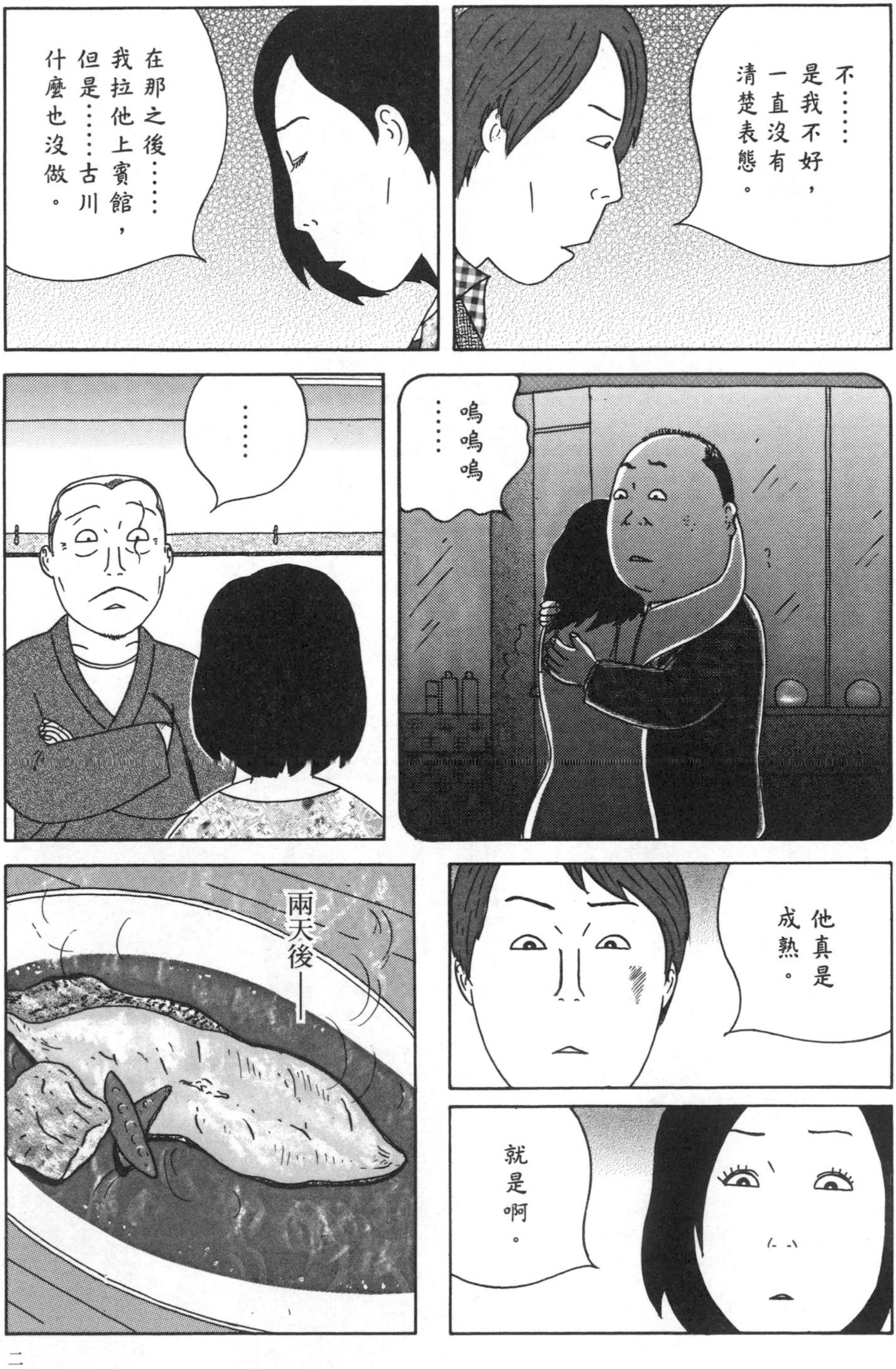
不……是我不好，一直沒有清楚表態。
在那之後……我拉他上賓館，但是……古川什麼也沒做。
嗚嗚嗚……
……
他真是成熟。
兩天後——
就是啊。

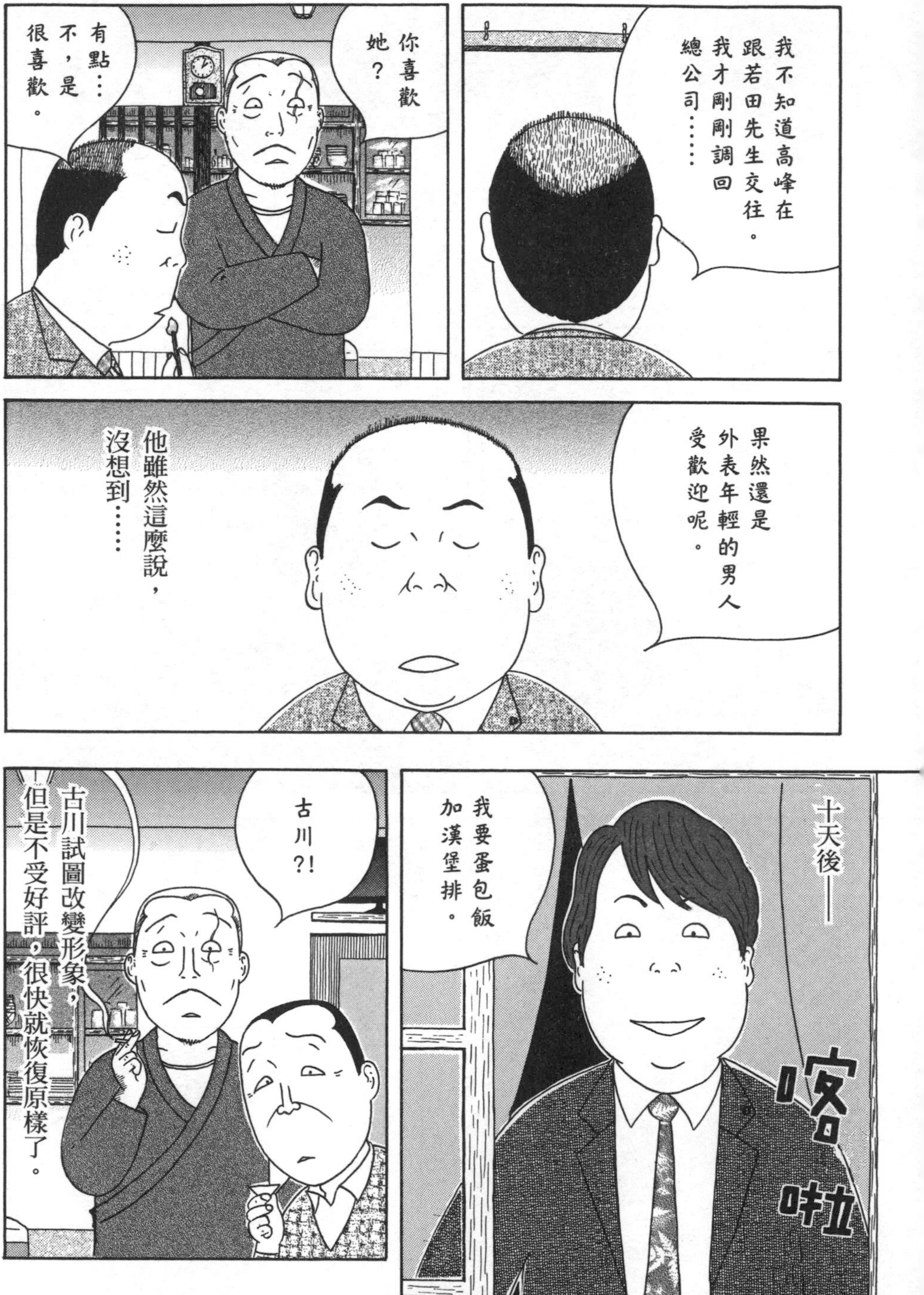
我不知道高峰在跟若田先生交往。我才剛剛調回總公司……
你喜歡她？
有點……不，是很喜歡。
果然還是外表年輕的男人受歡迎呢。
他雖然這麼說，沒想到……
十天後——
喀啦
我要蛋包飯加漢堡排。
古川?!
古川試圖改變形象，但是不受好評，很快就恢復原樣了。

第 214 夜◎醃梅乾
都會的夜晚太明亮了，這條街稍微暗一點比較好。微亮的燈光會引來迷路的人們。
請問一下，花園新藝術在這附近嗎？
嗯，就在旁邊。但只開到十二點，已經關門了。
?!
老爺爺這麼說著，當場頹然坐下。
這樣啊……

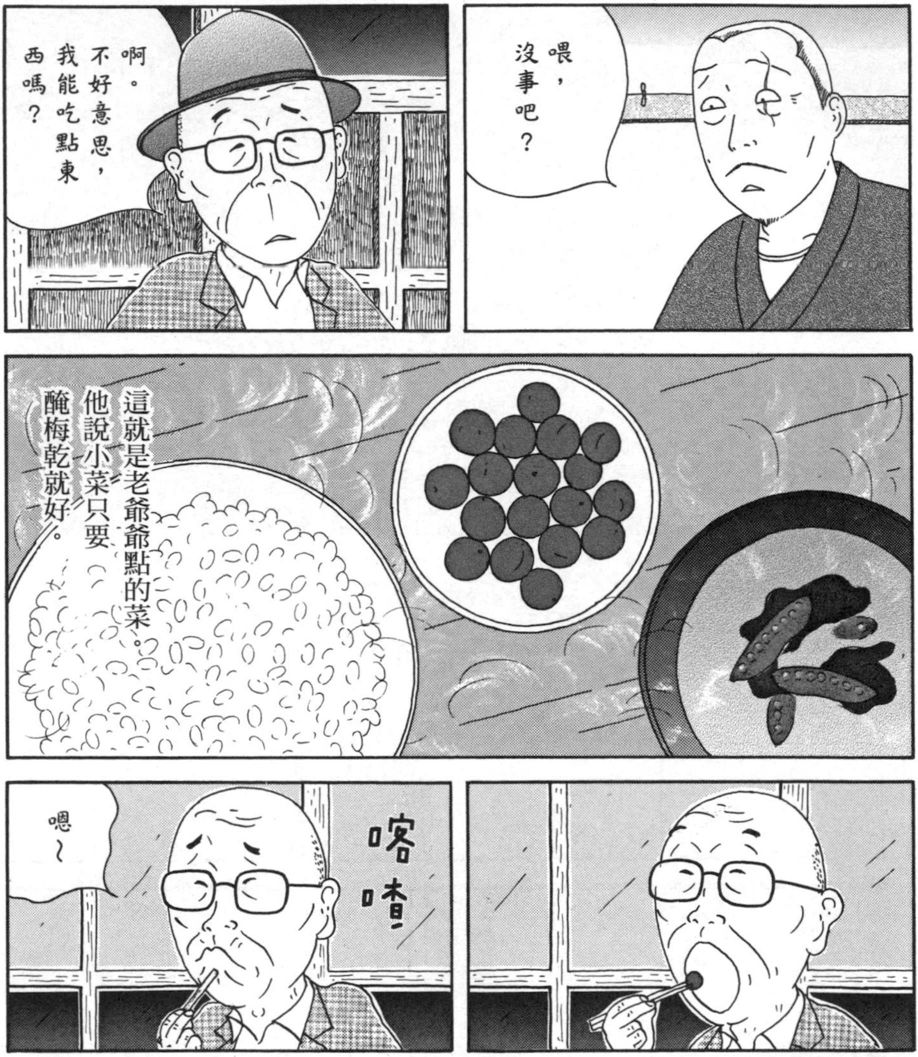
喂，沒事吧？
啊。不好意思，我能吃點東西嗎？
這就是老爺爺點的菜。他說小菜只要醃梅乾就好。
嗯～
喀嗜
喀啦

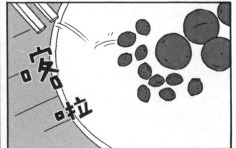

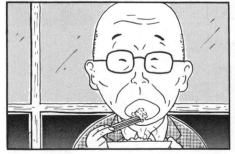

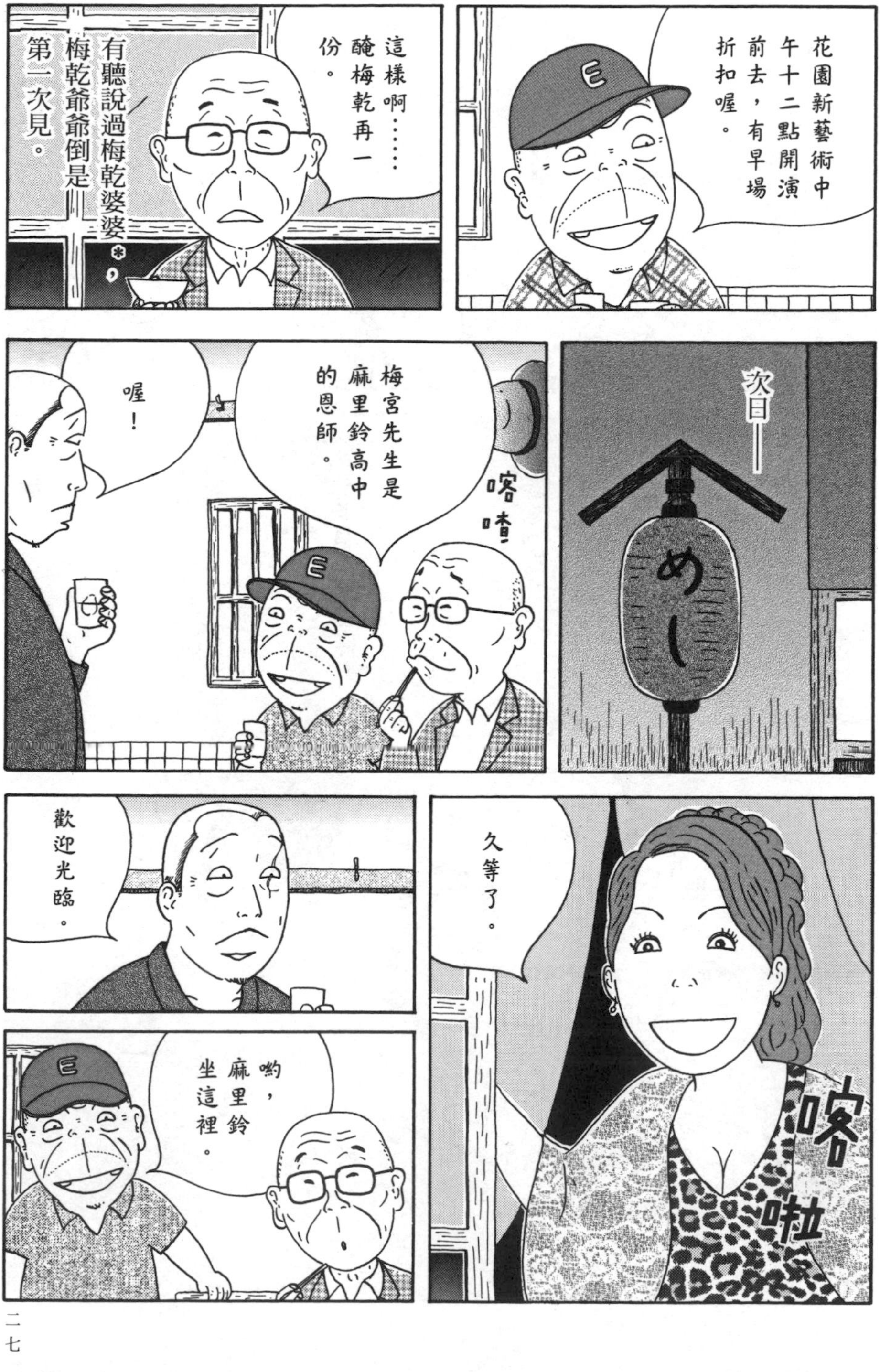
花園新藝術中午十二點開演前去，有早場折扣喔。
這樣啊……醃梅乾再一份。
有聽說過梅乾婆婆*，梅乾爺爺倒是第一次見。
次日——
梅宮先生是麻里鈴高中的恩師。
喀嗒
喔！
久等了。
喀啦
歡迎光臨。
喲，麻里鈴坐這裡。

*日本俗諺，形容臉上皺紋很多的年長女性。

真是嚇一跳。突然叫人家的學號。
就是說啊。
九號，
來～♥
菅野麻里子。
咦?!

我翻日記的時候發現這張剪報。
什麼？
花園新藝術
麻里鈴
討厭，是我剛出道的時候。
雖然名字不一樣，但我立刻就知道是麻里子喔。
知道我當脫衣舞孃，您嚇了一跳吧？
是嚇一跳。我想非把妳帶回來不可，但看到報導上寫「終於找到了自己的天職」，我就放棄了。
梅公……
「梅公」好像是梅宮老師的綽號。麻里鈴高中輟學時，最擔心她的就是梅宮老師了。

午休時在頂樓抽菸，梅公總會拿飯糰來給我。
要不要吃一個？
我胃口小。
對！總是醃梅乾飯糰。
人家比較喜歡鱈魚子。
有得吃就好啦。
我跟我媽一樣有很多男朋友，所有女生都討厭我、不理我。

哎……
今天見到了好久不見的麻里子，還看到麻里子的那裡，真是太好了。
說什麼啊……梅公今天住哪裡？
嗯……住哪呢……
要不要來我家？我跟男朋友一起住就是了。
真好，好羨慕梅宮老師喔。
那就這樣吧。
決定了！
那天晚上，梅宮老師就住在麻里鈴家。隔天麻里鈴休假，還帶他去了晴空塔。
7

後來梅公說要替太太買圍巾，我就帶他去上野的百貨公司，再送他去車站。
這樣啊。
喀啦
老師在附近的派出所。我說是認識的人，就把他帶來了。
怎麼了，梅公?!
喔！九號。
菅野麻里子，好久不見了?!
老師怎麼啦?!我們正不知如何是好，過了一會兒——

大家好。
爸爸!!
?!
梅宮老師有輕微的失智，由住在附近的女兒們輪流照顧。但這兩、三天，兩個女兒家裡都有事，就沒有跟他聯絡。
晚上發現爸爸不在，大家都慌了。
我們讓他帶著手機，靠GPS找到這裡。

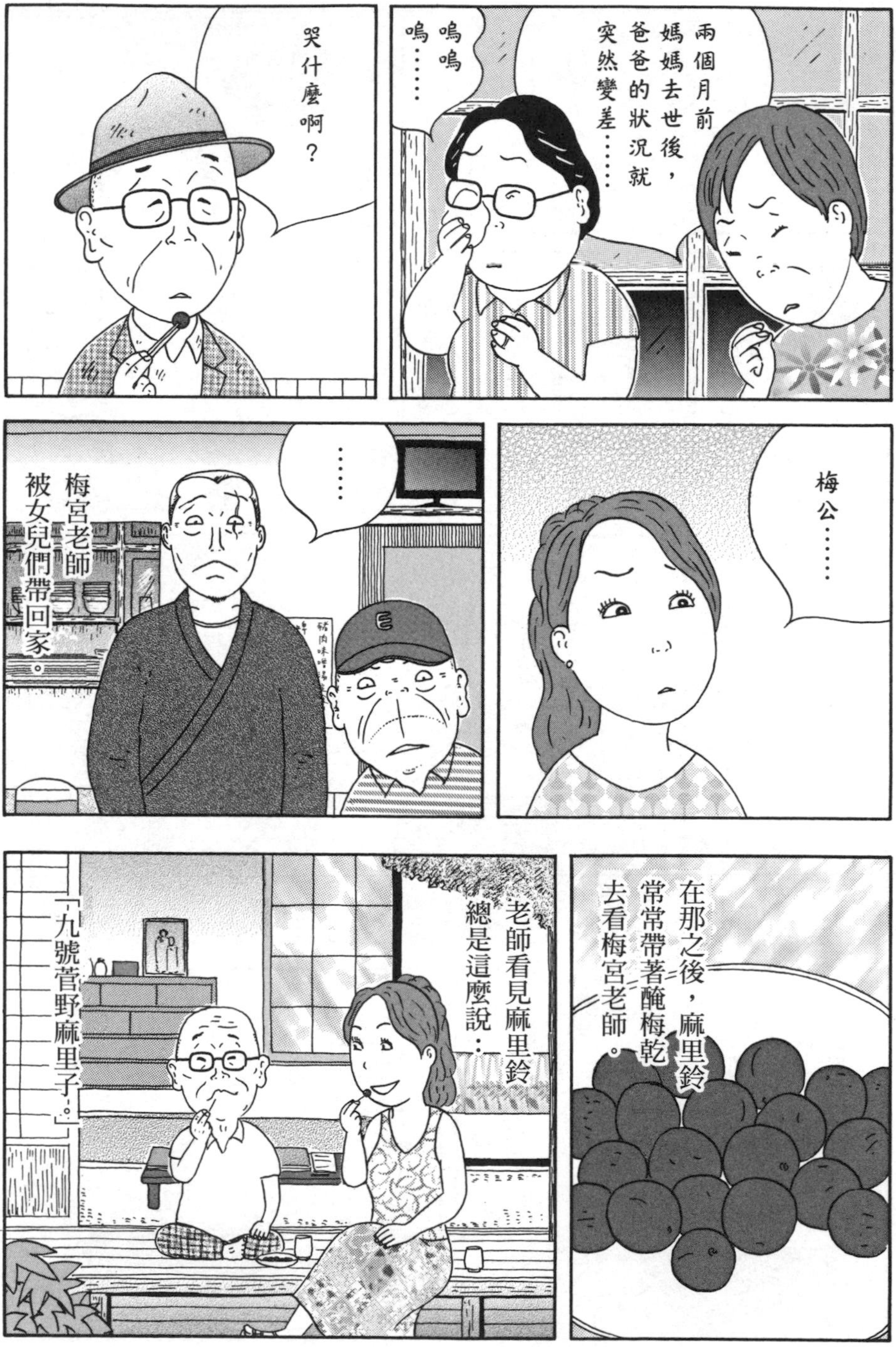
兩個月前媽媽去世後，爸爸的狀況就突然變差……
嗚嗚嗚……
哭什麼啊？
梅公……
……
梅宮老師被女兒們帶回家。
在那之後，麻里鈴常常帶著醃梅乾去看梅宮老師。
老師看見麻里鈴總是這麼說：
「九號菅野麻里子」。

第 215 夜◎炸章魚
路上小心。
和服店的小開吉先生訂婚之後，晚上玩得更兇了。他的未婚妻是遠房親戚家的大小姐，婚約是母親決定的。「生病的老媽哭著求我，沒辦法拒絕啊。」吉先生這麼說。
炸章魚跟啤酒很搭啊。
好燙！
哎喲，好像很好吃。老闆，我也要。

說到章魚，就想到「章魚壺阿妙」。現在在幹什麼呢……
章魚壺阿妙是什麼啊？
以前歌舞伎町的泡泡浴女郎，非常有名喔。兩年前大約做了三個月。
章魚壺阿妙啊……好像很厲害。
老闆，她也來過這裡好幾次吧？
嗯。
阿妙也喜歡炸章魚。
小道先生，你去過泡泡浴嗎？
完全預約不到，偶然在這裡碰到阿妙，直接跟她預約的。
欸，然後呢？

那天臨時有工作，只好取消。然後阿妙就突然神秘退休啦。
炸章魚，久等了。好像有人說在熊谷看見阿妙呢。
喔。
大家好。
喀啦
阿妙?!
!
妳上哪去啦？
我在熊谷當人家的小三。

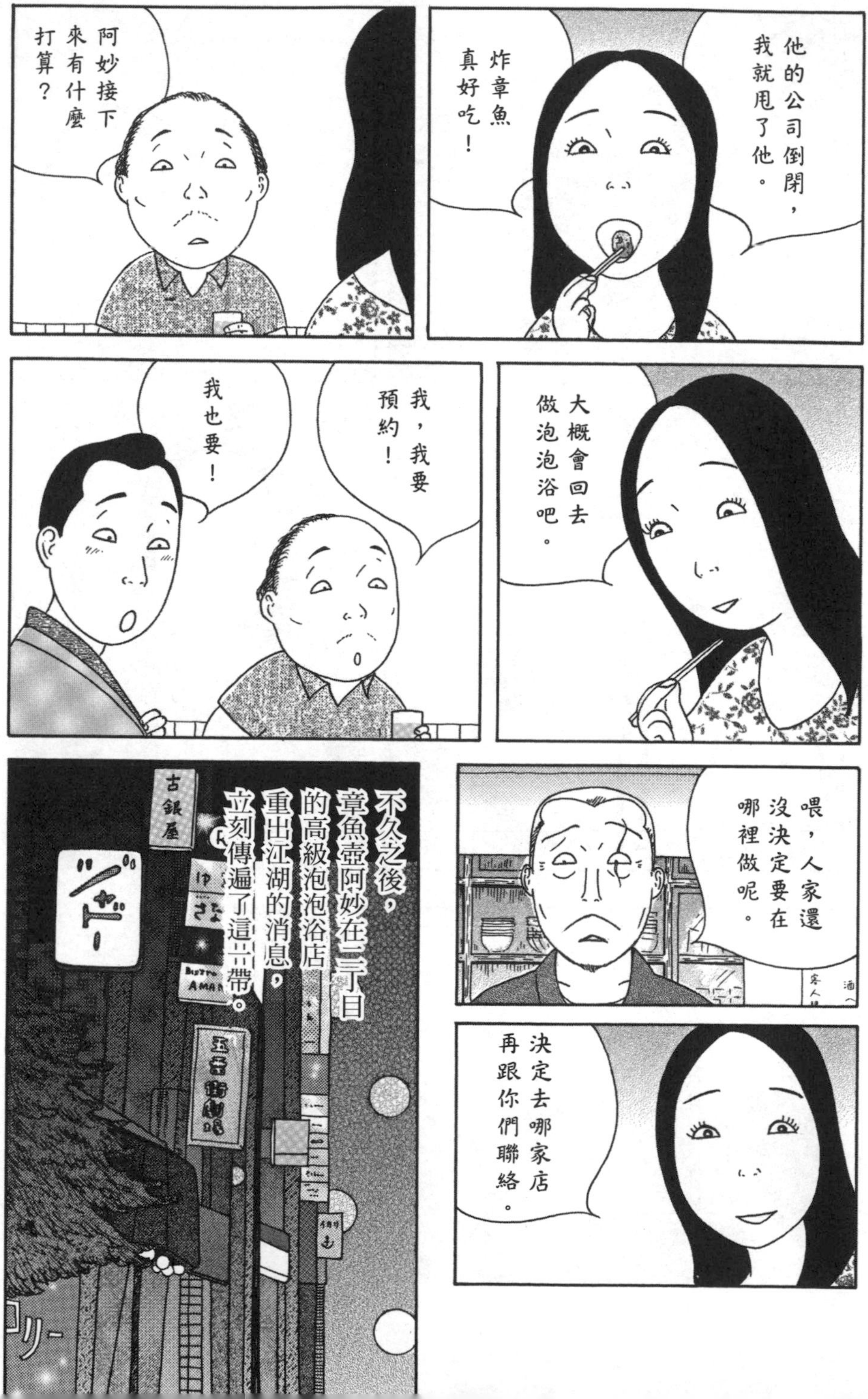
他的公司倒閉，我就甩了他。
炸章魚真好吃！
阿妙接下來有什麼打算？
大概會回去做泡泡浴吧。
我，我要預約！
我也要！
喂，人家還沒決定要在哪裡做呢。
決定去哪家店再跟你們聯絡。
不久之後，章魚壺阿妙在三丁目的高級泡泡浴店重出江湖的消息，立刻傳遍了這一帶。

ジュー
原來那就叫章魚壺啊……
怎麼啦？來，炸章魚，久等了。
我是說阿妙啦。
你去啦？
嗯。
喀啦
章魚壺阿妙果然厲害。
歡迎光臨，剛剛吉先生也在說呢。

小老闆也去了嗎?!
嗯，從第一天開始……
每天去。
每天?!
每天…
一到中午，就坐立不安。
哈哈，真是病入膏肓。小道什麼時候去的？
第一天第一個，今天最後一個。只去了兩次。
第一天的第一個？
第一天中午過後的第一個客人。

啊，那比我早。
所以我是表哥囉，哈哈哈……
小道先生在我之前就跟阿妙做了!!
不要這麼生氣啊。這有什麼辦法，是泡泡浴啊。
這我也知道……
吉先生喜歡上阿妙了嗎？
我也不太清楚自己是喜歡阿妙，還是喜歡章魚壺。

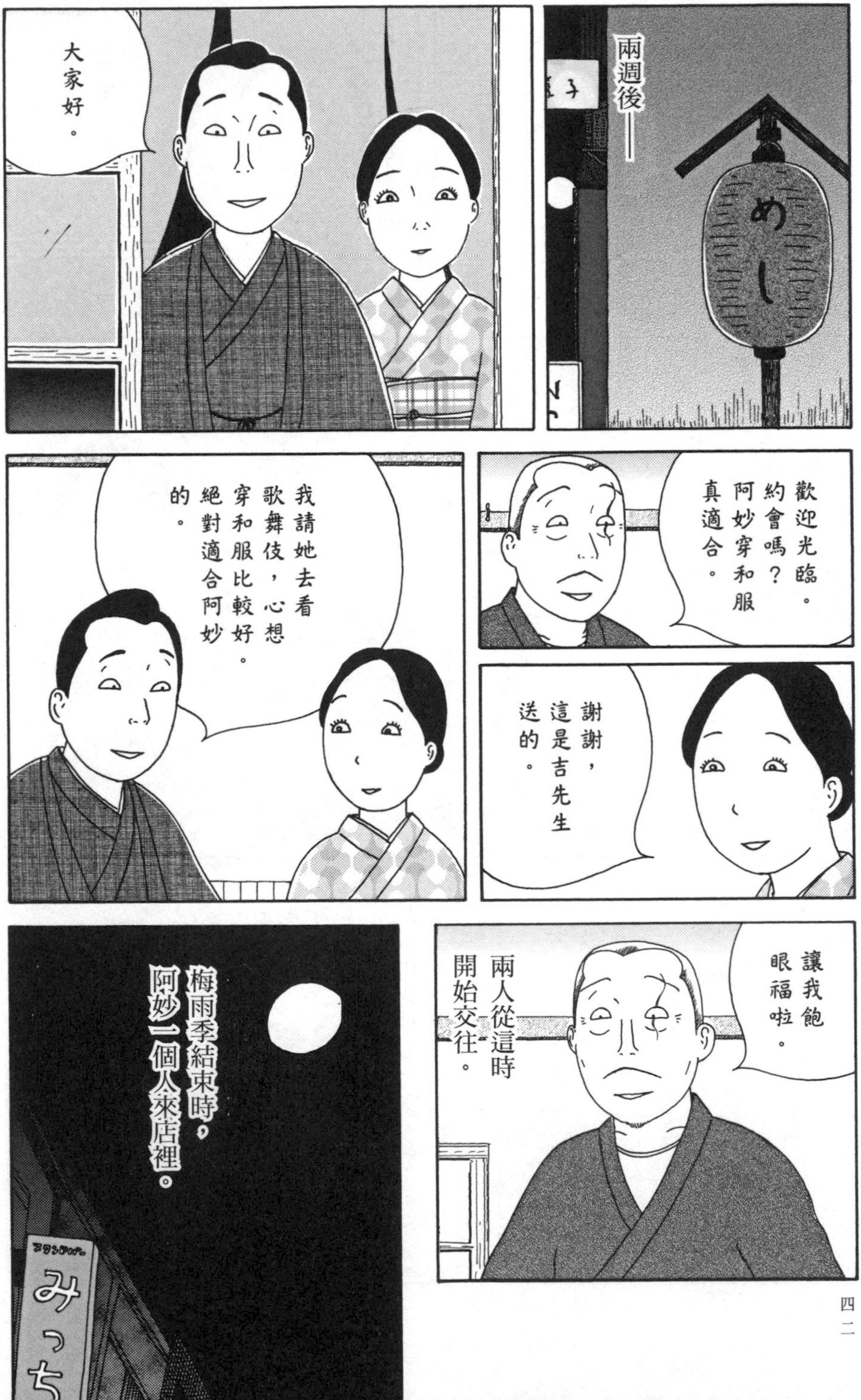
兩週後——
めし
大家好。
歡迎光臨。約會嗎？阿妙穿和服真適合。
我請她去看歌舞伎，心想穿和服比較好。絕對適合阿妙的。
謝謝，這是吉先生送的。
讓我飽眼福啦。
兩人從這時開始交往。
梅雨季結束時，阿妙一個人來店裡。

吉先生要我辭掉泡泡浴。
然後呢？
我就問他「那要跟我結婚嗎？」
吉先生怎麼說？
他「咦?!」了一聲，然後說不出話來。
……
我們第一次約會就上了賓館。
今天不做嗎？
嗯，今天只要跟阿妙這樣就好。我好高興。

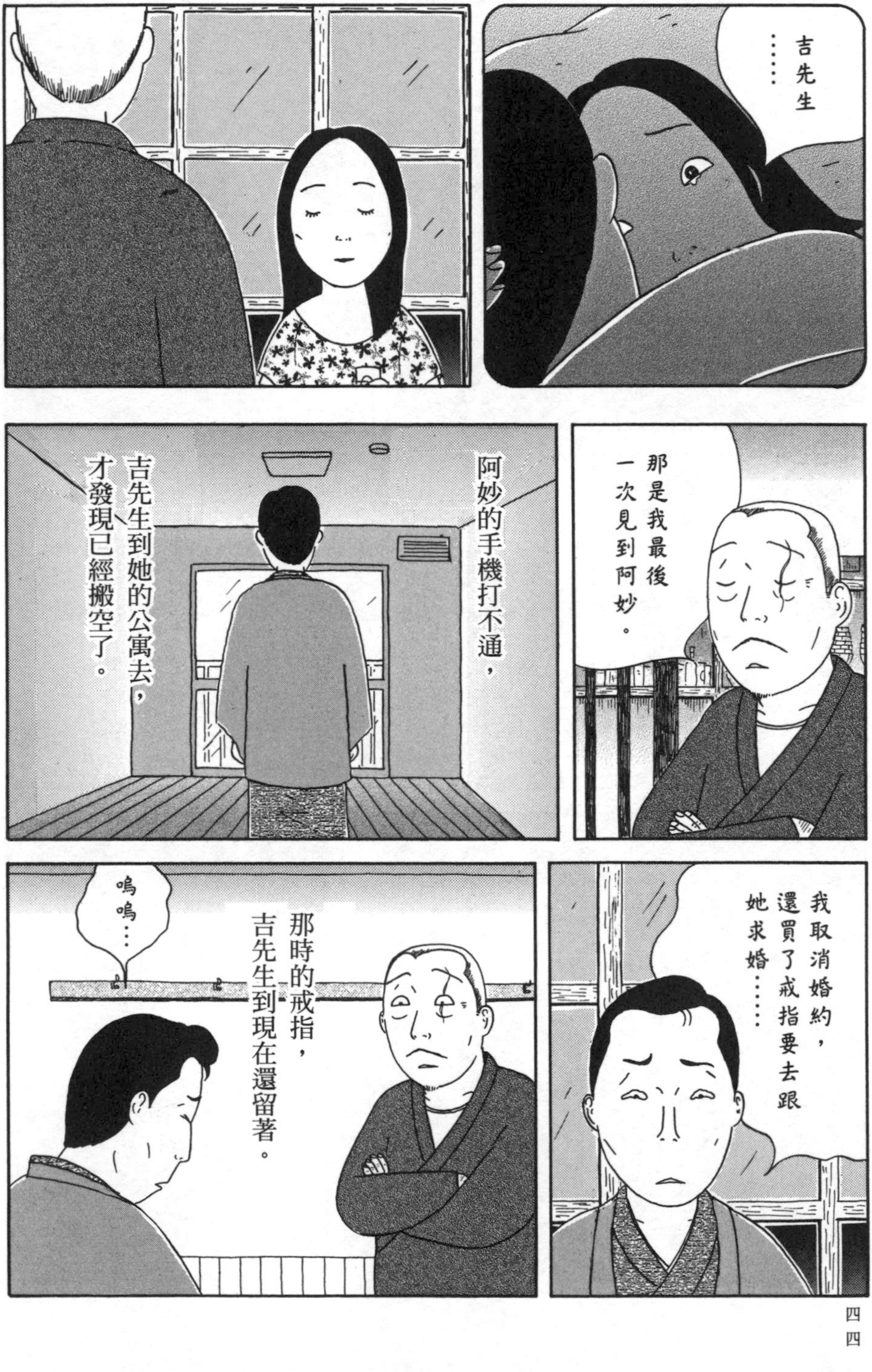
吉先生……
那是我最後一次見到阿妙。
阿妙的手機打不通，
吉先生到她的公寓去，才發現已經搬空了。
我取消婚約，還買了戒指要去跟她求婚……
那時的戒指，吉先生到現在還留著。
嗚嗚……

第216夜◎谷中生薑
用當令的食物下酒最好了。谷中生薑（葉生薑）看起來清爽，口感也清脆，最適合這個季節了。
喀喳
嗯～太讚了。
友美在西口的櫃臺酒吧當經理，關店之後偶爾會過來。

還是喝得這麼豪爽。
小友最近越來越像大叔啦？
常有人這麼說。爸媽離婚、爸爸離家後，家裡就是我撐著。所以變得像爸爸啦。
令堂身體好嗎？
嗯，停職了一陣子，終於要復職了。弟弟也從四月開始工作，我終於可以卸下「爸爸」的重擔啦。
小友真有男子氣概。
老闆，再來一杯冷酒。
原來也有這麼有男子氣概的女性……

呼……老闆，給我冷酒。
喀啦
好。
……
喀喳
嗚嗚……
怎麼啦，高梨？
嗚……
中學時代……到現在的好友的姊姊要結婚了。

那你哭什麼？
我單戀她十八年……
一直單戀……沒有告白嗎？
有過一次，但她笑著蒙混過了。
只有一次?! 真傻啊，女人要鍥而不捨地追才行。
就是啊!!
反正……我這種人……
這是高梨的口頭禪。他總是這麼說，讓友美很受不了。
一週後，這兩人一起來到店裡。

電影院裡有人大哭，我在想是誰呢，原來是高梨！
真是的，好丟臉。
高梨淚腺很鬆啊。
也沒有啦。
啊，釦子快掉了。脫下來，我替你縫。
沒關係。
好啦，快脫。
讓她縫吧。友美一喝醉就喜歡照顧人。
真的可以嗎？

咬
……
來。
謝謝……
淚眼
啊，被我弄哭了?!
高梨也讓友美哭過，不過他自己也哭了就是了。那是梅雨季結束那天發生的事。

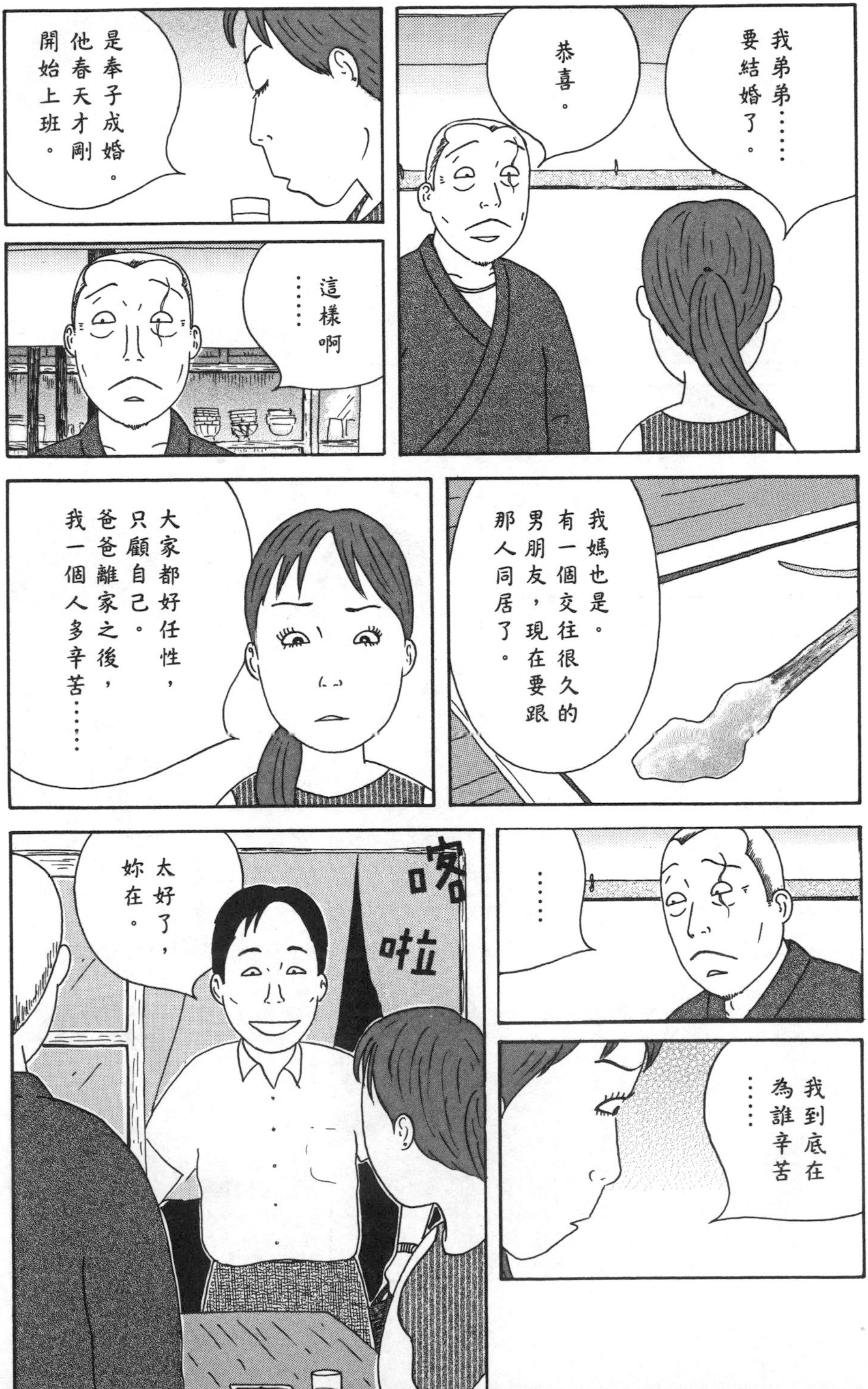
我弟弟……要結婚了。
恭喜。
是奉子成婚。他春天才剛開始上班。
這樣啊……
我媽也是。有一個交往很久的男朋友，現在要跟那人同居了。
大家都好任性，只顧自己。爸爸離家之後，我一個人多辛苦……
……
我到底在為誰辛苦……
喀啦
太好了，妳在。

友美小姐，生日快樂。已經過十二點了，所以是今天啦。
嗯，謝謝。
那個……如果友美小姐現在沒有男朋友的話，呃……可以跟我交往嗎？
咦?!
……
啊，對不起，不行吧。像我這種人……
這兩人搞不好很適合啊。
笨蛋。

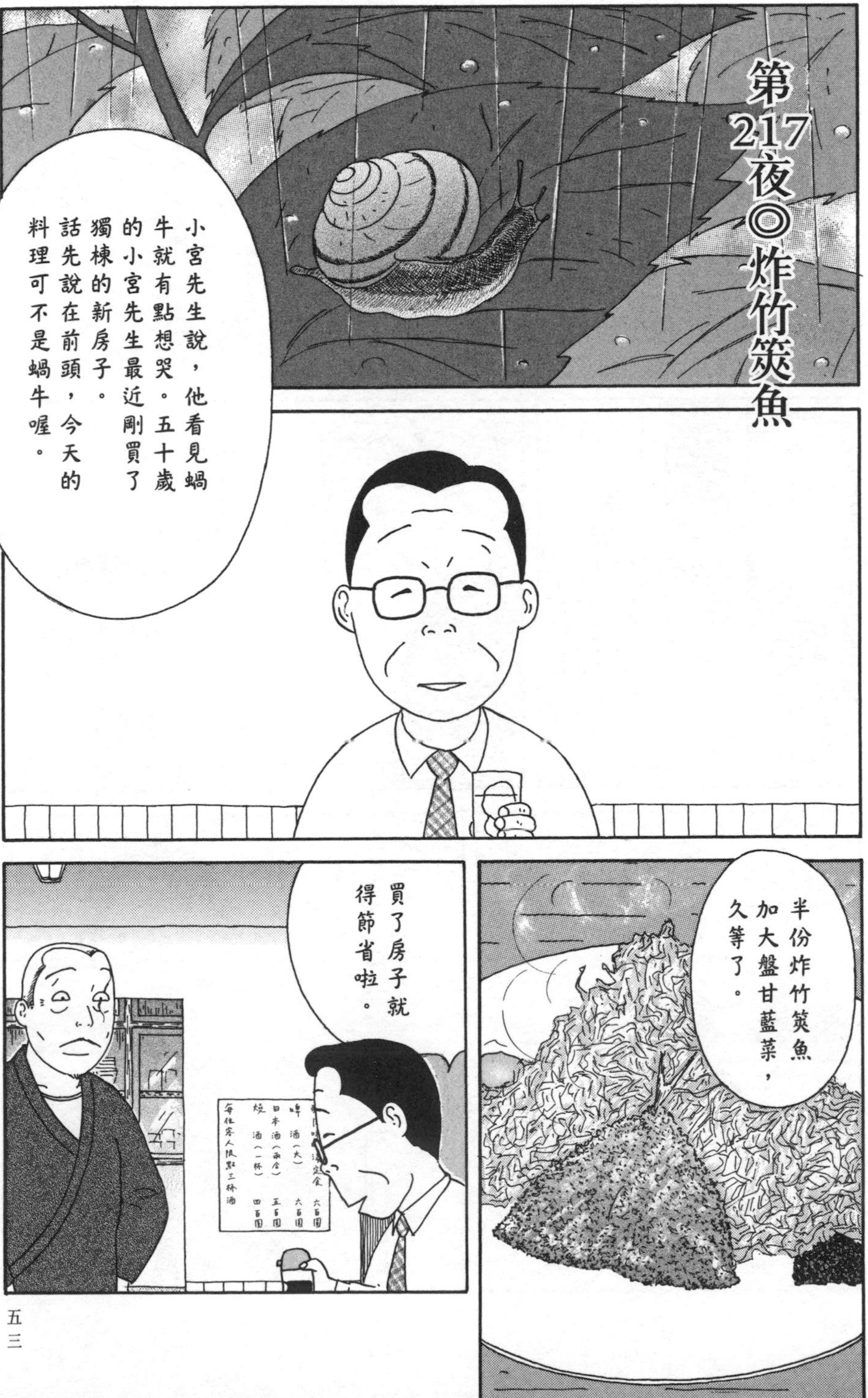
第217夜◎炸竹筴魚
小宮先生說，他看見蝸牛就有點想哭。五十歲的小宮先生最近剛買了獨棟的新房子。
話先說在前頭，今天的料理可不是蝸牛喔。
半份炸竹筴魚加大盤甘藍菜，久等了。
買了房子就得節省啦。

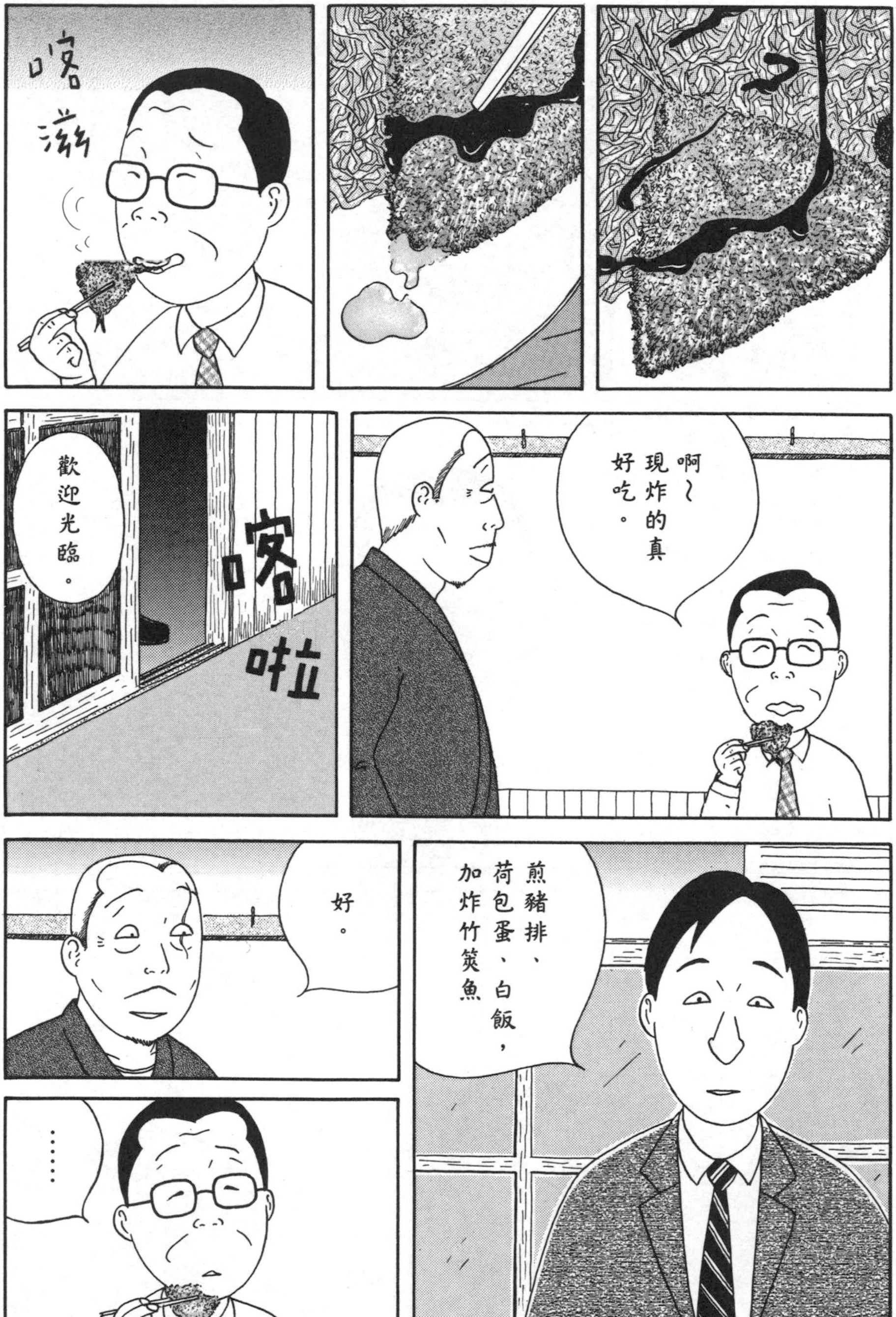
喀
滋
啊～現炸的真好吃。
歡迎光臨。
喀
啦
煎豬排、荷包蛋、白飯，加炸竹筴魚
好。
……

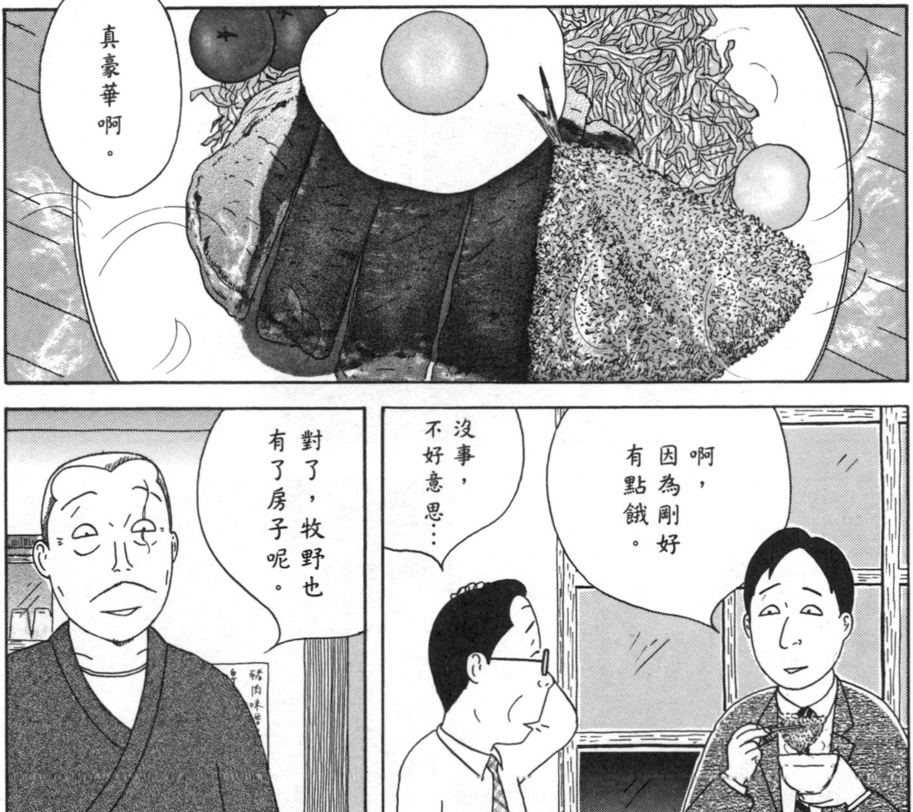
真豪華啊。
啊，因為剛好有點餓。
沒事，不好意思…
對了，牧野也有了房子呢。
咦?!這麼年輕!!
只是把老婆娘家的房子改成兩代同居而已。我跟老婆的家人一起住。
嗯~不過有房產的人就是不一樣，真豪華啊。

兩人聊了一下，
發現彼此住得很近，
孩子也上同所小學。
因為小宮先生晚婚。
因此他們
突然熱絡起來，
一起叫計程車回去了。
一週後——
めしや
牧野先生家好大，非常堂皇。
我家只跟他家停車場差不多大，真討厭！
炸竹筴魚，久等了！
小宮先生，不是有首歌說
「我家雖小，其樂無窮」嗎？
話是不錯，
但這小小的家
卻背著二十四年的貸款啊。
要到幾歲才還得清？

七十五。我老婆也去打工了。啊，這張樂透會不會中啊？
我想八成不會中啦。小宮先生看起來沒啥運氣……
煎豬排、荷包蛋和竹筴魚雙份。
喀啦
怎麼啦？第一次點半份炸竹筴魚以外的東西。
?!
我中樂透了!!
中多少？
十萬日圓。
才十萬啊。

是沒辦法還房貸，但算是老天獎勵每天都很努力的我吧，哈哈……
我開動了。
我一直很想這樣點點看。
小宮先生，在那之後還見過牧野先生嗎？
嗯，上星期日偶然在車站前的家庭餐廳碰到。牧野先生的太太年紀比他大一點，但是很漂亮喔。女兒也很可愛，跟我家完全不一樣。
小宮先生的太太是比你小一輪的年輕美人吧?!
我家那口子只是年輕而已。而且很會吃，跟真由美一樣是胖子。
喀啦

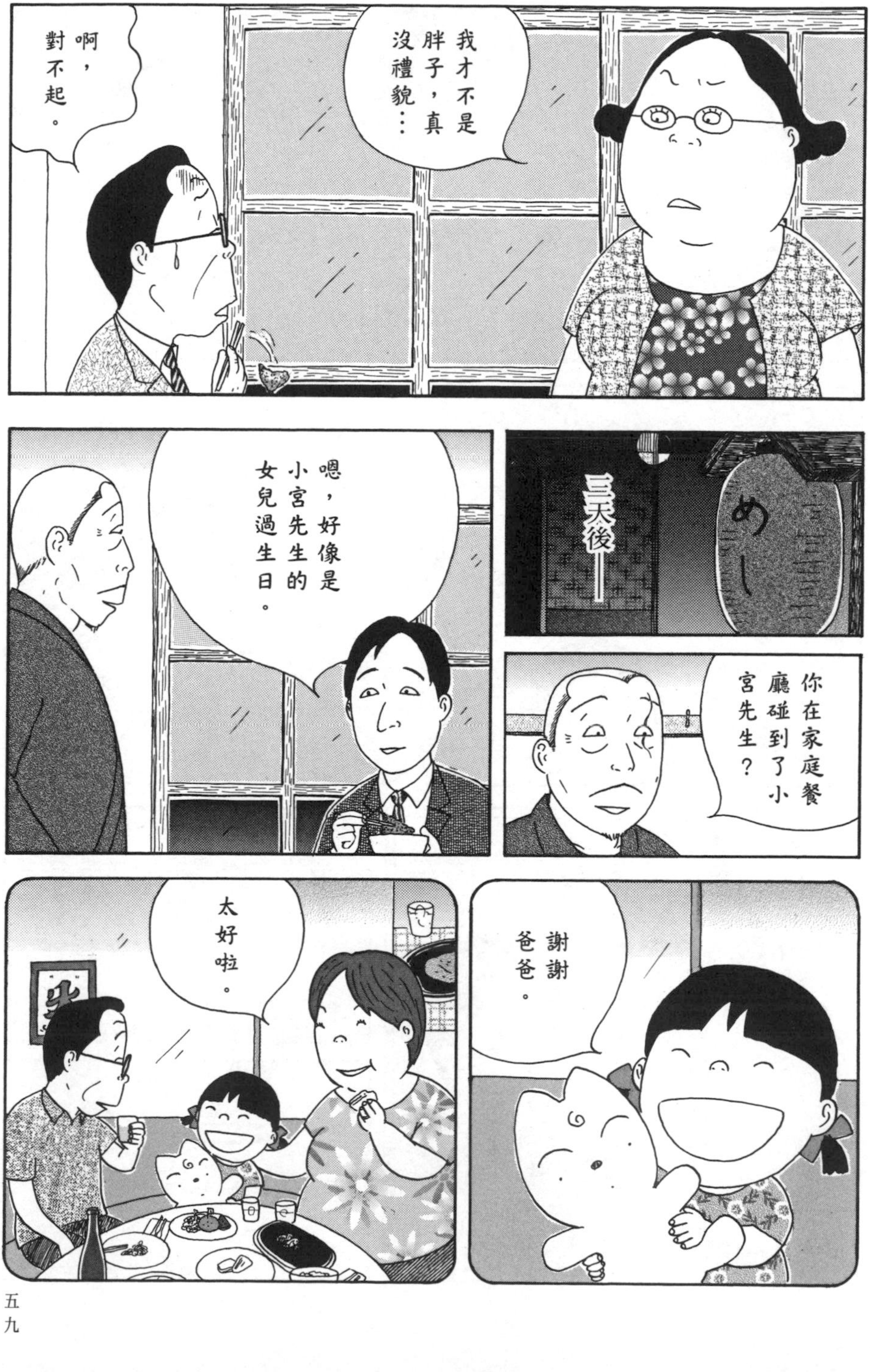
我才不是胖子，真沒禮貌……
啊，對不起。
三天後
めし
你在家庭餐廳碰到了小宮先生？
嗯，好像是小宮先生的女兒過生日。
謝謝爸爸。
太好啦。

啊……
怎麼啦，老公？
唔，沒什麼。
爸爸，給你西瓜！
感情真好，好羨慕。
喀啦
啊……
……

怎麼啦？
我中了樂透沒跟老婆說，被她發現了。
怎麼被發現的？
我把酒家的名片忘在口袋裡了。早上一起來就被她逼問，差點沒宰了我……今天不想回家啊。
♬
抖
我老婆的簡訊。
wife
無標題
我有重要的事情，明天早上跟你說。
你還好嗎？臉色好壞。

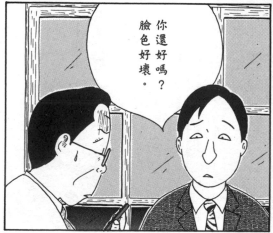

次日——
我老婆說要生。
沒想到……我這把年紀，還會有第二個孩子。
恭喜。
不知道是不是好事，這下子只能加油啦。
小宮先生的孩子出生時，牧野先生離婚了，離開了太太的娘家。跟老婆的家人一起住好像也不容易啊。小宮先生嗎？他偶爾來的時候常常唱歌。
我家雖小其樂無窮
愛的燈影投射之處
眷戀的家
就是我的晴空

第218夜◎速食炒麵
老闆，熱水！
六月初，常客若宮拿著塑膠袋走進店裡這麼說。
?!
又來啦！
燒酒（一杯） 四百圓
每位客人限點三杯酒

沒辦法啊。
隔了半年，PEYOUNG炒麵今天重新上市啦。老闆也喜歡不是嗎?!
嗯，我自己也買了一盒。
每位客人限點三
老闆，太過份了！我也想吃～
啊，我也是。
大家不嫌棄就一起吃吧。我買了十盒。
喔～!!

沒辦法，那就只有今天喔。
來，久等了。
喲，等好久了。
嘶 嘶 嘶 嘶 嘶 嘶
果然好吃。
味道好順口～
妳們也吃茶泡飯之外的東西啊。
怎樣？
好吃！
喀啦
啊？！

喔！大家都在。
真高興。再來一盒吧?!
好棒！
是真人！
哇～!!
那天真是太熱鬧了。可能有人不知道，圓畫大師帶來的桂文樂老師，以前拍過PEYOUNG的廣告。那時的台詞就是……
再來一盒吧?!

ROLA
那天雖然大受好評，
但店裡只提供熱冰做不成生意，
所以就把「PEYOUNG炒麵」
加進菜單裡了。
大家好。
歡迎光臨，一個人嗎？
我男友突然有工作不能來。我要炒麵。
炒麵是上次那樣的，可以嗎？
好。
她是那天第一次來的情侶。
她說那是第一次吃速食炒麵，好像很喜歡。
我開動了。

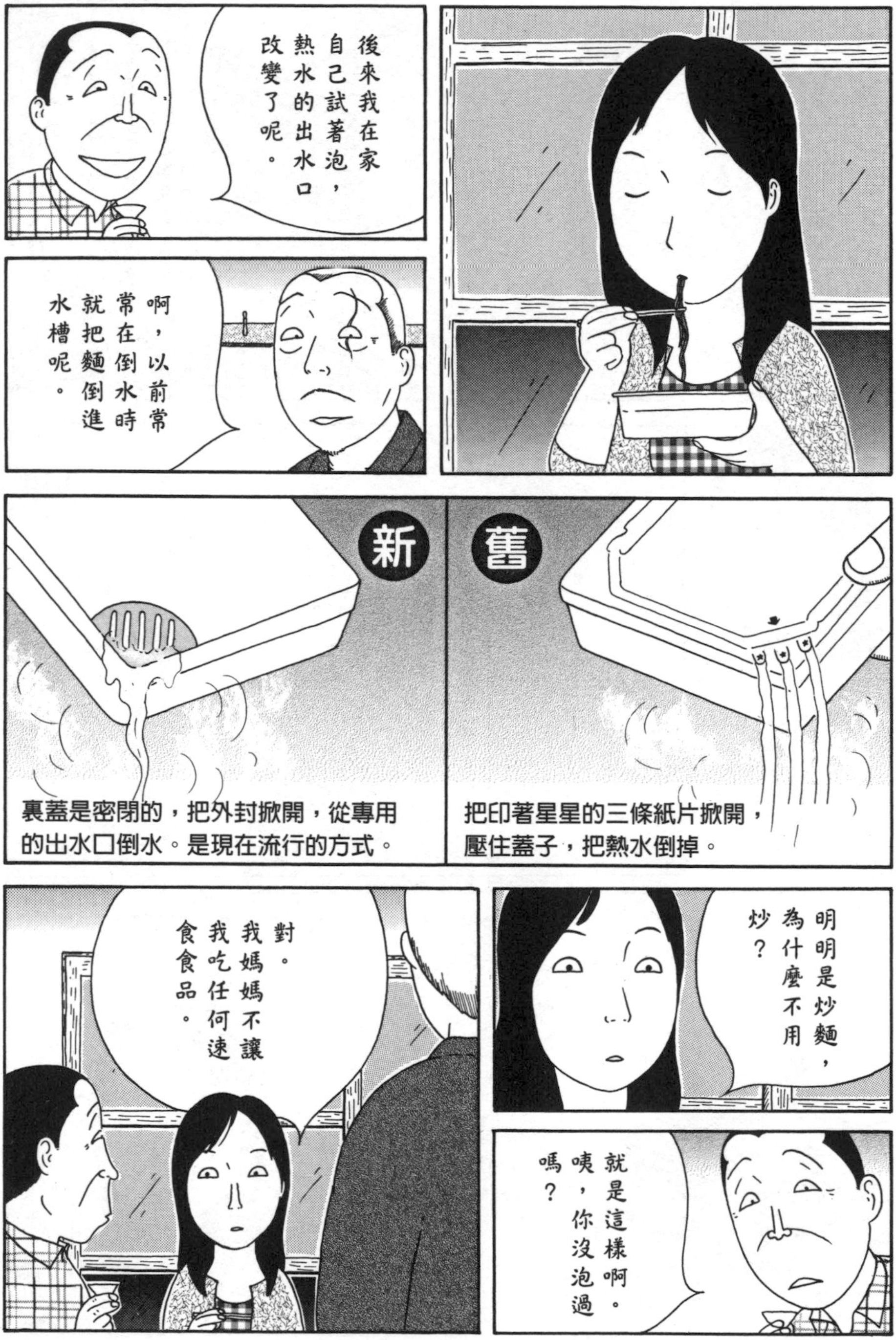
後來我在家自己試著泡，熱水的出水口改變了呢。
啊，以前常常在倒水時就把麵倒進水槽呢。
舊
把印著星星的三條紙片掀開，壓住蓋子，把熱水倒掉。
新
裏蓋是密閉的，把外封掀開，從專用的出水口倒水。是現在流行的方式。
明明是炒麵，為什麼不用炒？
就是這樣啊。咦，你沒泡過嗎？
對。我媽媽不讓我吃任何速食食品。

那傢伙超～討厭的。
怎麼啦？
加奈在相親活動認識的男朋友腳踏兩條船。
還沒得到教訓，又去相親啦?!
真是的！那個笨蛋帶別的女人去同一家店。
腳踏兩條船的男人就只有這種智商啦。
腳踏兩條船是什麼意思？
咦，妳不知道？就是男人同時跟兩個女人交往。

留美上次的男友還腳踏五條船呢。
就是啊，想到就火大。妳也小心點為妙，男人都一樣。
怎麼會……
喀啦
歡迎……
治樹，怎麼啦？
雖然他拚了命解釋，但她還是默默付帳離開，炒麵還剩下一半。

三週後——
めし
誤會終於解開，我們和好了。
嗯……
那就好。
那天兩人一起親熱地吃了PEYOUNG炒麵。
來。
她是不知世事的大小姐，這好像是她第一個男朋友。怪不得連腳踏兩條船都不知道……
但是，故事並不是這樣就結束了……

我有點不放心，就趁他睡著的時候看了他的手機，看到他還在跟那個人來往，所以……
嘩啦──
哇～
我有聽說過潑冷水的，但為什麼潑熱水？
潑冷水的話，他要是感冒就太可憐了……
哈哈，真溫柔啊。但是下次熱水還是只加在速食炒麵裡吧。
來，久等了。
我知道了。

# 清晨7時

# 第219夜◎精力丼

用大蒜醬油炒豬五花，放在白飯上，加山藥泥，再打一顆生蛋。這是店裡的精力丼，夏天常常有人點。
我開動了。
喀喳
哎喲，吃得真香。但是半夜這樣補充精力是要幹什麼呢？嘻嘻……

待會要去工作。
咦？
阿巧晚上打工做澡堂的清掃工作，白天是開宅配車吧？
對。
這個給你吧。
這樣得多補充精力。你真是了不起啊。
欸，可以嗎?!
那我就不客氣了。
好吃!!
你喜歡就全部吃掉吧!!

めし
我吃飽了。
阿巧過去是不良少年，在單親家庭中長大。媽媽過世後，由他照顧妹妹，現在在讀專科。
哎……早知道就讓他多吃點了。
他真不錯呢。
最近牛郎店太多了，每家都不賺錢……
小澤先生是歌舞伎町三家牛郎俱樂部的老闆。
牛郎也都一個樣。小壽壽桑覺得他如何？
也是……不知道他適不適合當牛郎，但比那些整型又染髮的傢伙好多啦。

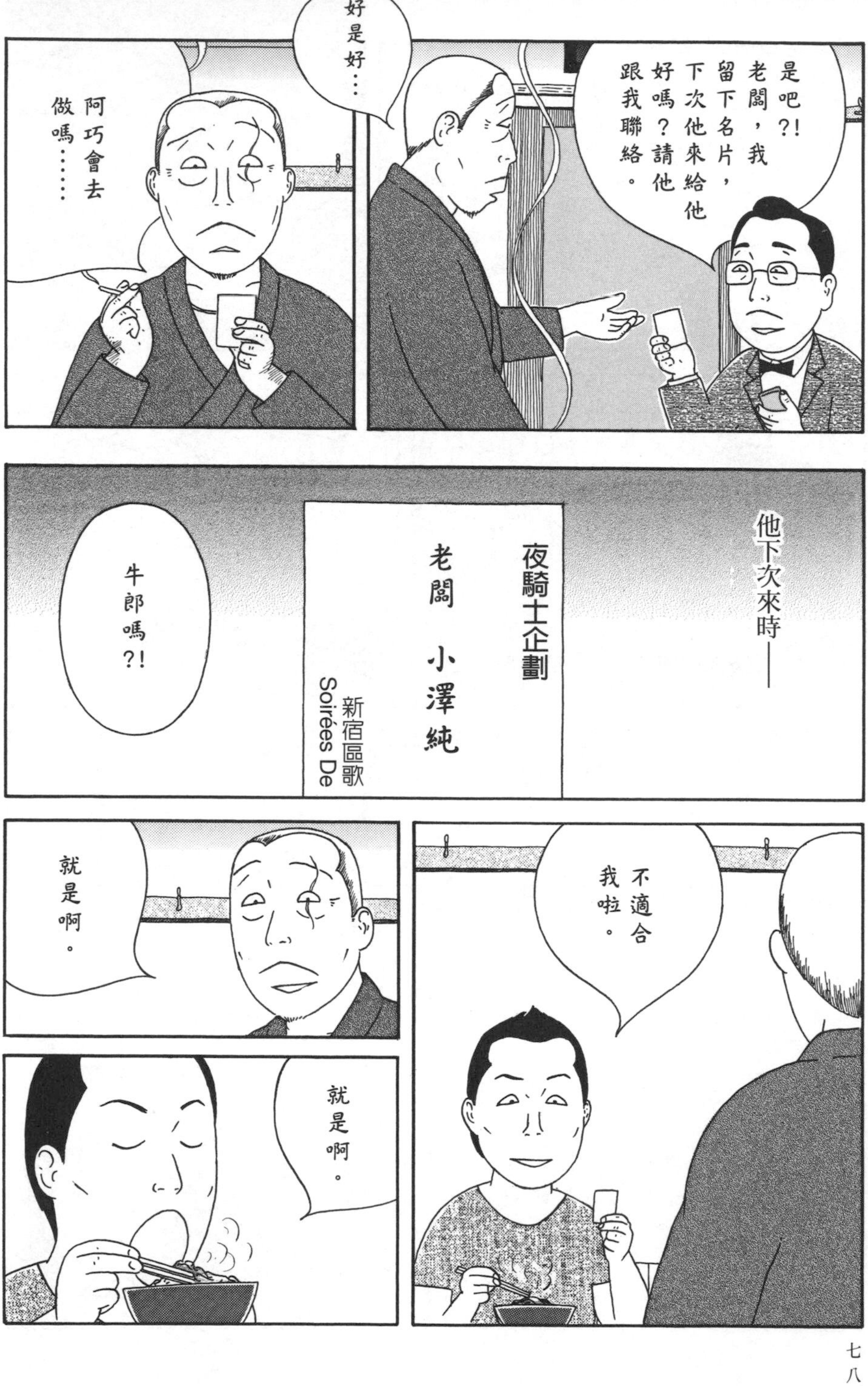
是吧?!老闆，我留下名片，下次他來給他好嗎？請他跟我聯絡。
好是好……
阿巧會去做嗎……
他下次來時——
夜騎士企劃
老闆 小澤純
新宿區歌
Soirées De
牛郎嗎?!
不適合我啦。
就是啊。
就是啊。

過了一週——
喀啦
?!
歡迎光臨。
我妹妹住院了……
來。
謝謝。
阿巧要負擔妹妹的住院費跟之後的生活，就跟小澤先生聯絡了。
就算年紀比你小，仍是你的前輩。這個世界人氣就是一切。
是。

這不是輕鬆的工作。一開始簡直不把你當人看。
我做好心理準備了。
不要學其他牛郎，要看著客人的眼睛，自己思考要怎麼應對。明天到辦公室來，我找人教你。他是我們的頭牌。
好。
老闆，給阿巧精力丼。但是今天不要加大蒜跟蔥。
好。
我開動了。
……

社長室
這不是巧哥嗎？
春馬你認識嗎？
以前在老家常受照顧。是吧！
君江妹妹還好嗎？
她住院了……
咦?!
因為妹妹的事，阿巧說要認真幹。春馬好好磨練他吧。

春……不對，
春馬先生，拜託您了。
巧哥……
三個月後——
めしや
跟我想的一樣，指名阿巧的客人越來越多。他很會哄女人。
女人都因為阿巧，愉快地喝得醉醺醺的。
我是搞不懂啦，阿巧怎麼會那樣。
過了半年，阿巧就跟頭牌春馬一爭高下了。

兩人私下的交情非常好，偶爾會一起來吃精力丼。
我妹妹要出院了。
太好了。
巧哥要辭職嗎?!
不，社長對我有恩，我已經沒法回去做原來的工作了。
所以就請多指教啦。
是，太好了。
君江妹妹出院後跟他們一起來。
阿巧看起來
非常寵妹妹。

君江妹妹跟春馬偷偷交往，阿巧知道後非常震驚。
不行，絕對不行!!
為什麼我不行?!
因為你是牛郎。
我是君江的哥哥，希望她跟有正當工作的男人在一起
……
我……不當牛郎了。
?!
春馬透過小澤先生的介紹現在在賣進口車，阿巧也不得不答應他們交往了。

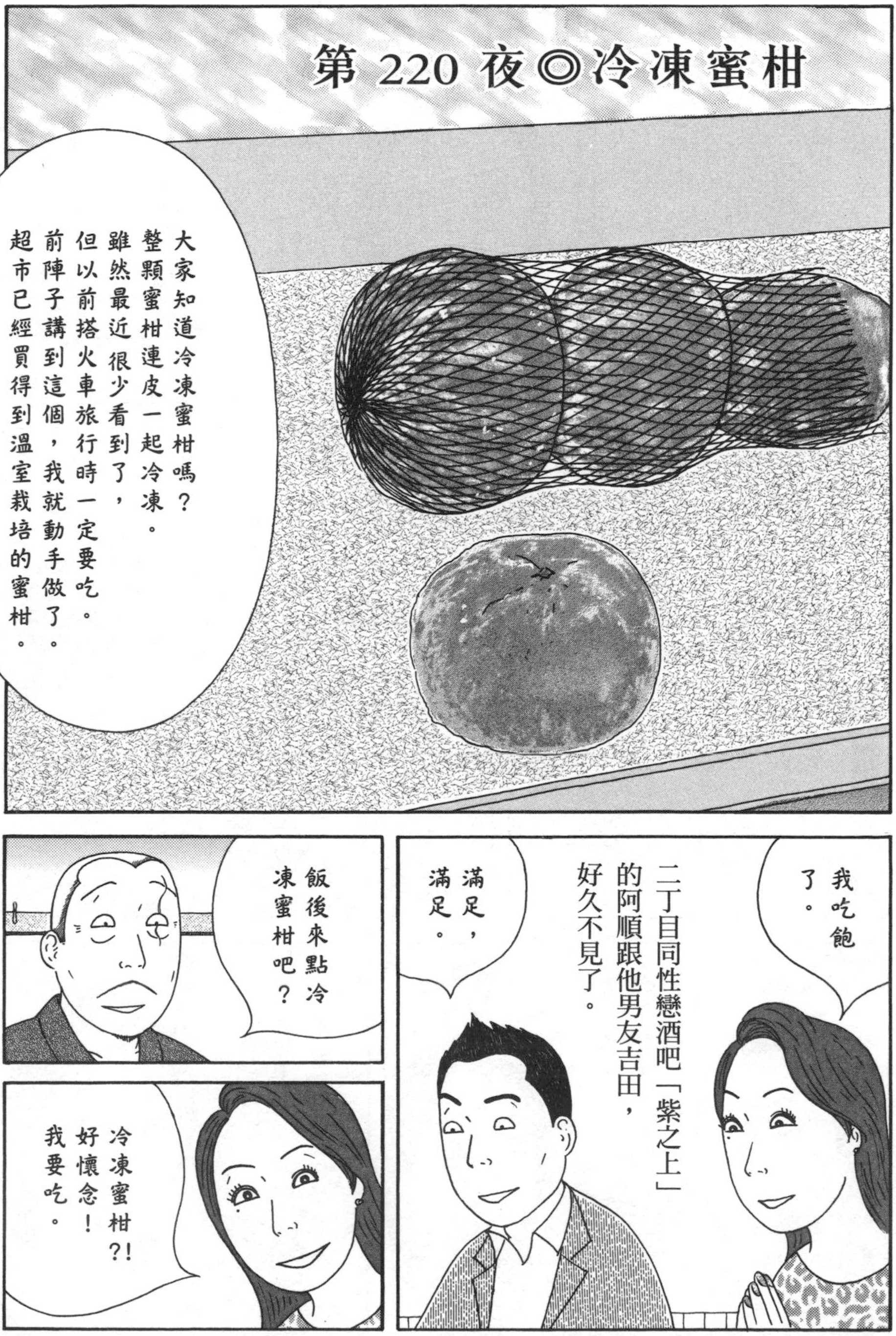
第220夜◎冷凍蜜柑
大家知道冷凍蜜柑嗎？整顆蜜柑連皮一起冷凍。雖然最近很少看到了，但以前搭火車旅行時一定要吃。前陣子講到這個，我就動手做了。超市已經買得到溫室栽培的蜜柑。
我吃飽了。
二丁目同性戀酒吧「紫之上」的阿順跟他男友吉田，好久不見了。
滿足，滿足。
飯後來點冷凍蜜柑吧？
冷凍蜜柑?! 好懷念！我要吃。

冷凍蜜柑
冷凍蜜柑
四個冷凍蜜柑
這是什麼歌啊？
咦，不知道嗎?!冷凍蜜柑的歌。給你。
謝謝。
我第一次聽到。吉田知道嗎？
我也是第一次聽。
蛀掉的牙會痛～好好吃!!
這什麼歌詞啊！啊～會痛……

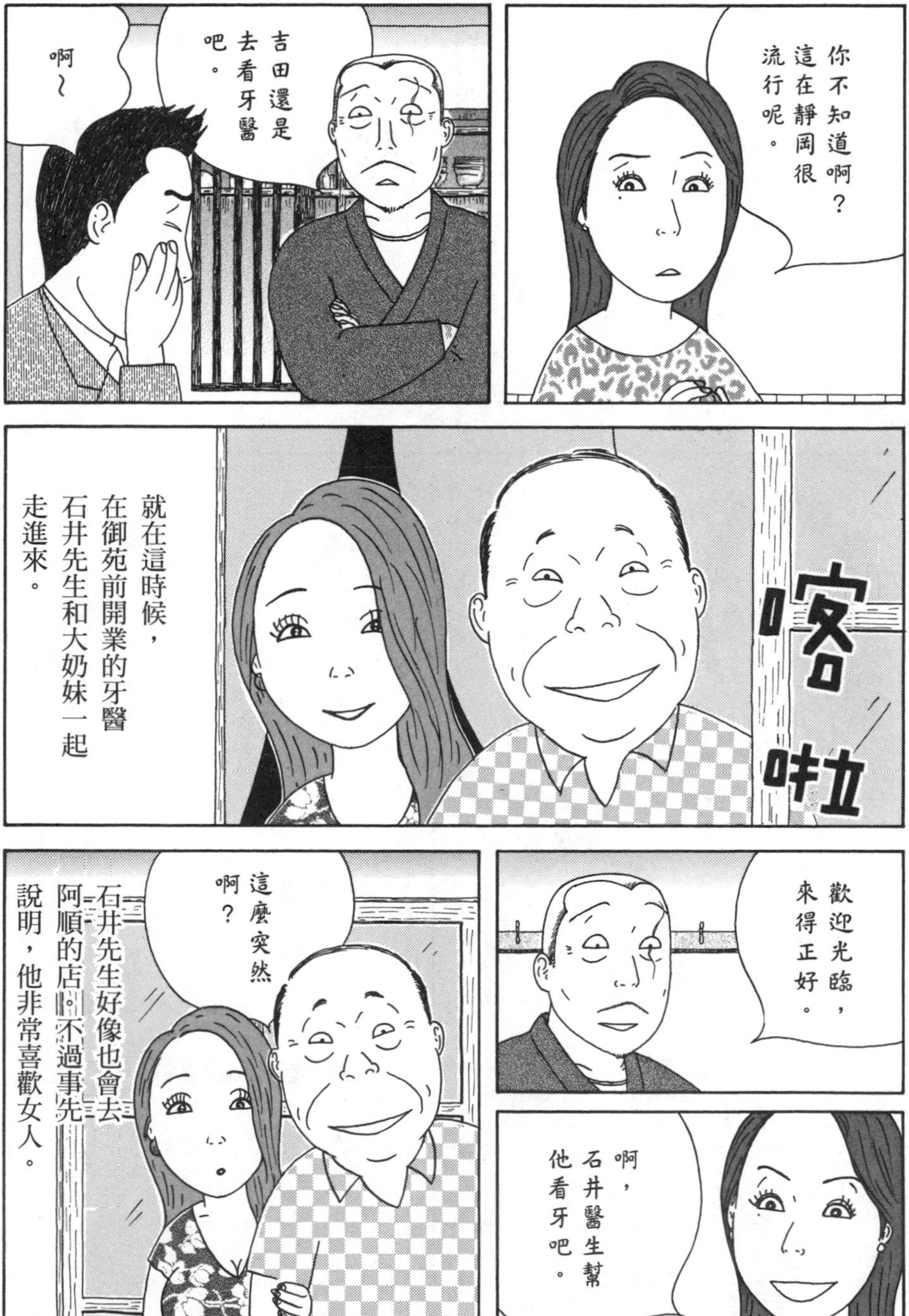
你不知道啊？這在靜岡很流行呢。
吉田還是去看牙醫吧。
啊～
就在這時候，在御苑前開業的牙醫石井先生和大奶妹一起走進來。
喀啦
歡迎光臨，來得正好。
啊，石井醫生幫他看牙吧。
這麼突然啊？
石井先生好像也會去阿順的店。不過事先說明，他非常喜歡女人。

嗯……有不少蛀牙啊。
明天週六我也看診，過來吧。她坐櫃臺。
等您光臨，我是綾香。
……
啊，好。
妳當櫃臺小姐太漂亮了吧?!
沒有啦，像我這樣的……
啊，醫生，要不要吃冷凍蜜柑？
嘻嘻。
謝謝。冷凍蜜柑好懷念啊……

冷凍蜜柑入口的瞬間，石井先生也……
嗚……
兩人的表情都像在說，這位牙醫沒問題嗎？
……
兩週後——
吉田去了石井醫生的牙科嗎？
嗯。他的牙齒是沒問題，但最近的行為很詭異呢。
喀啦

綾香，是我不好。不要生氣啦。
!
?!
歡迎光臨，怎麼啦？
沒什麼啦。
老闆，你聽我說。醫生一直說我花心，煩死了啦，完全不相信人家。
對不起，我相信。不會再說了啦。我買包包給妳，原諒我吧。
嘿嘿，醫生也很辛苦呢。

阿順好像事不關己似地笑著說，但那個女孩真的出軌了，對象就是吉田……
五天後——
Bar
Boro
真是——累死了。
下次見面一定宰了她。
?!
只不過是奶大而已，那個該死的××！
石井醫生怎麼說？
反正馬上就會膩了，不要管她。那個女人好像很放蕩。

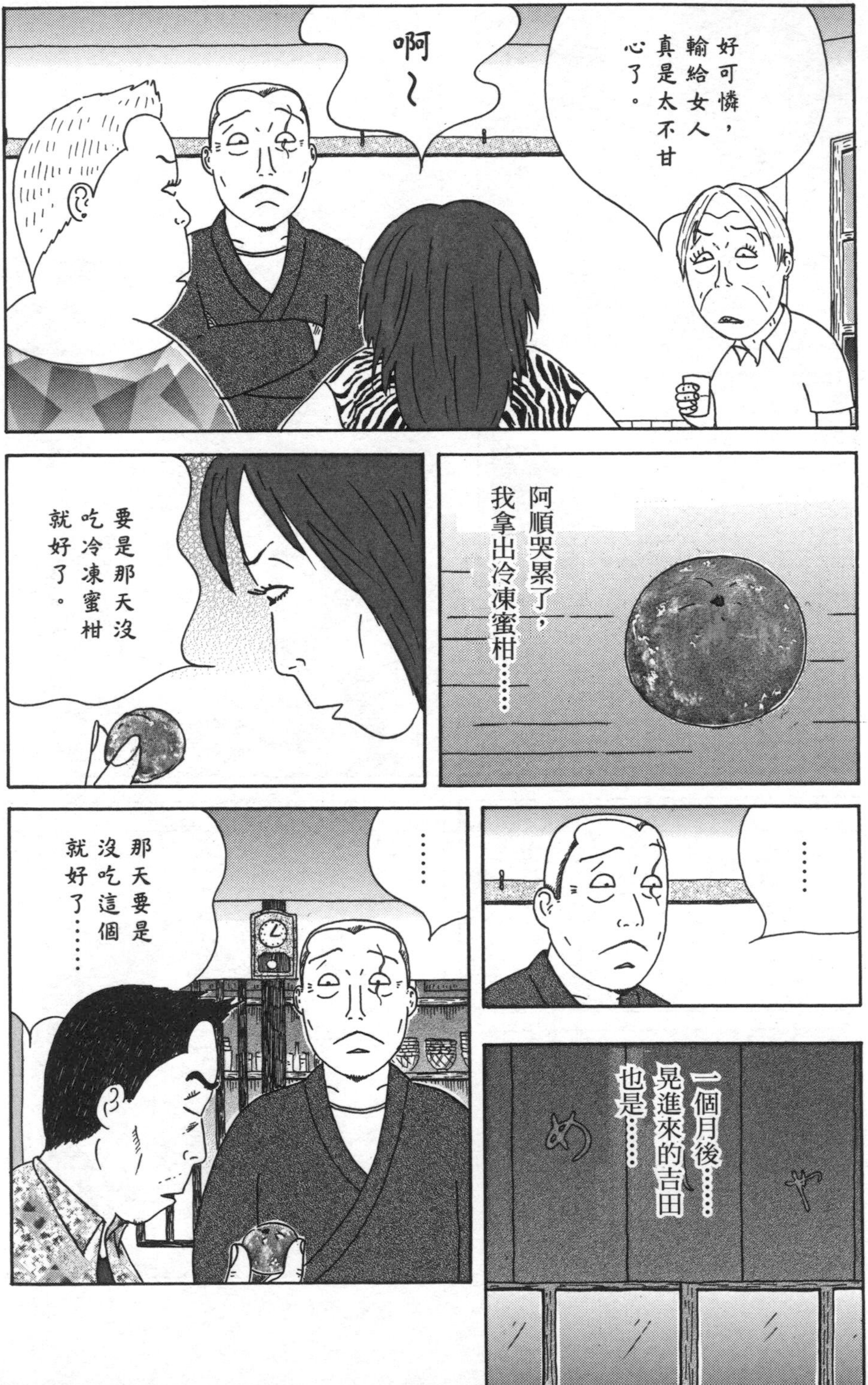
好可憐，輸給女人真是太不甘心了。
啊～
阿順哭累了，我拿出冷凍蜜柑……
要是那天沒吃冷凍蜜柑就好了。
……
……
那天要是沒吃這個就好了……
一個月後……晃進來的吉田也是……

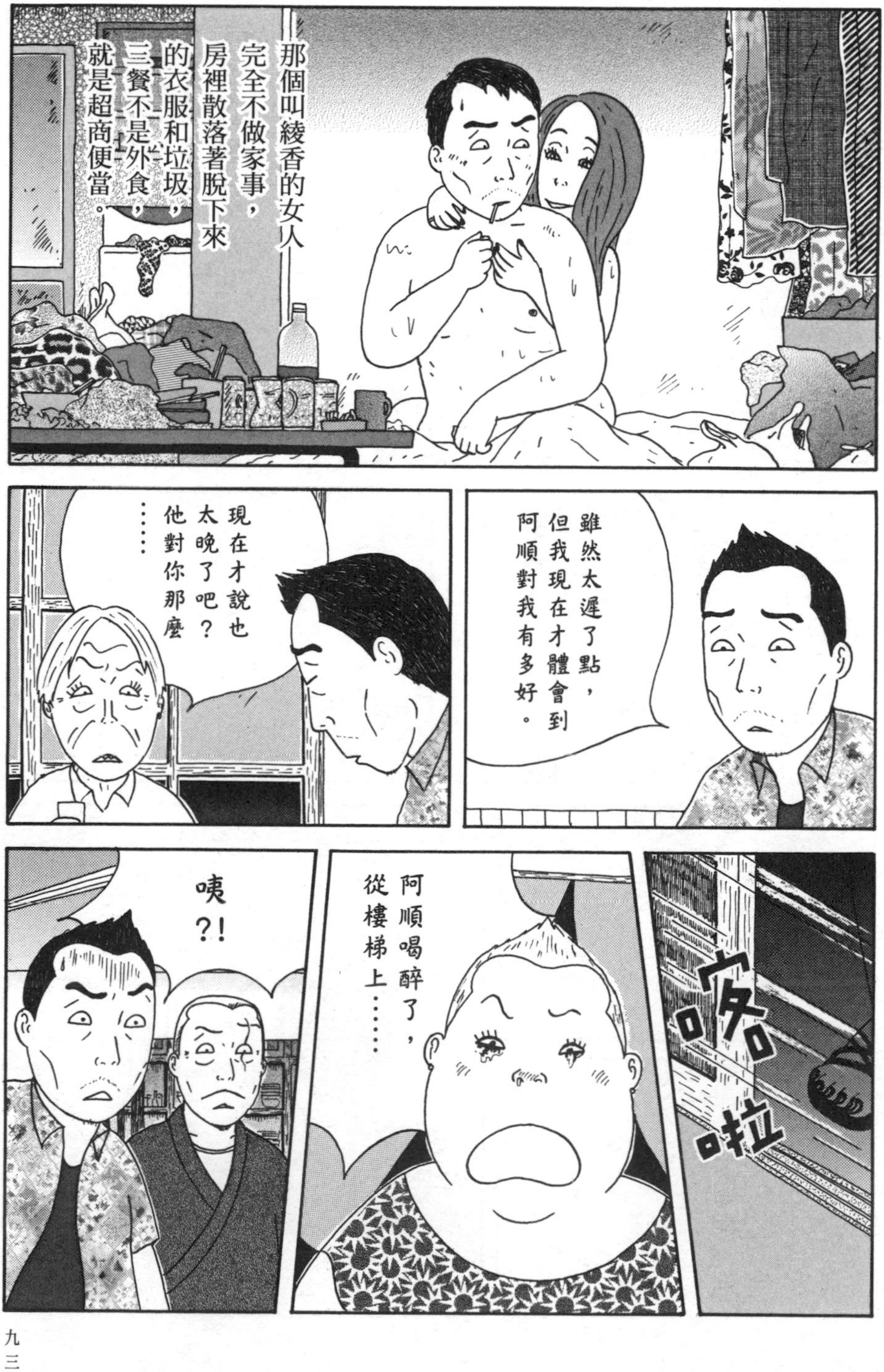
那個叫綾香的女人
完全不做家事，
房裡散落著脫下來
的衣服和垃圾，
三餐不是外食，
就是超商便當。
雖然太遲了點，
但我現在才體會到
阿順對我有多好。
現在才說也
太晚了吧？
他對你那麼
……
喀
啦
阿順喝醉了，
從樓梯上……
咦
?!

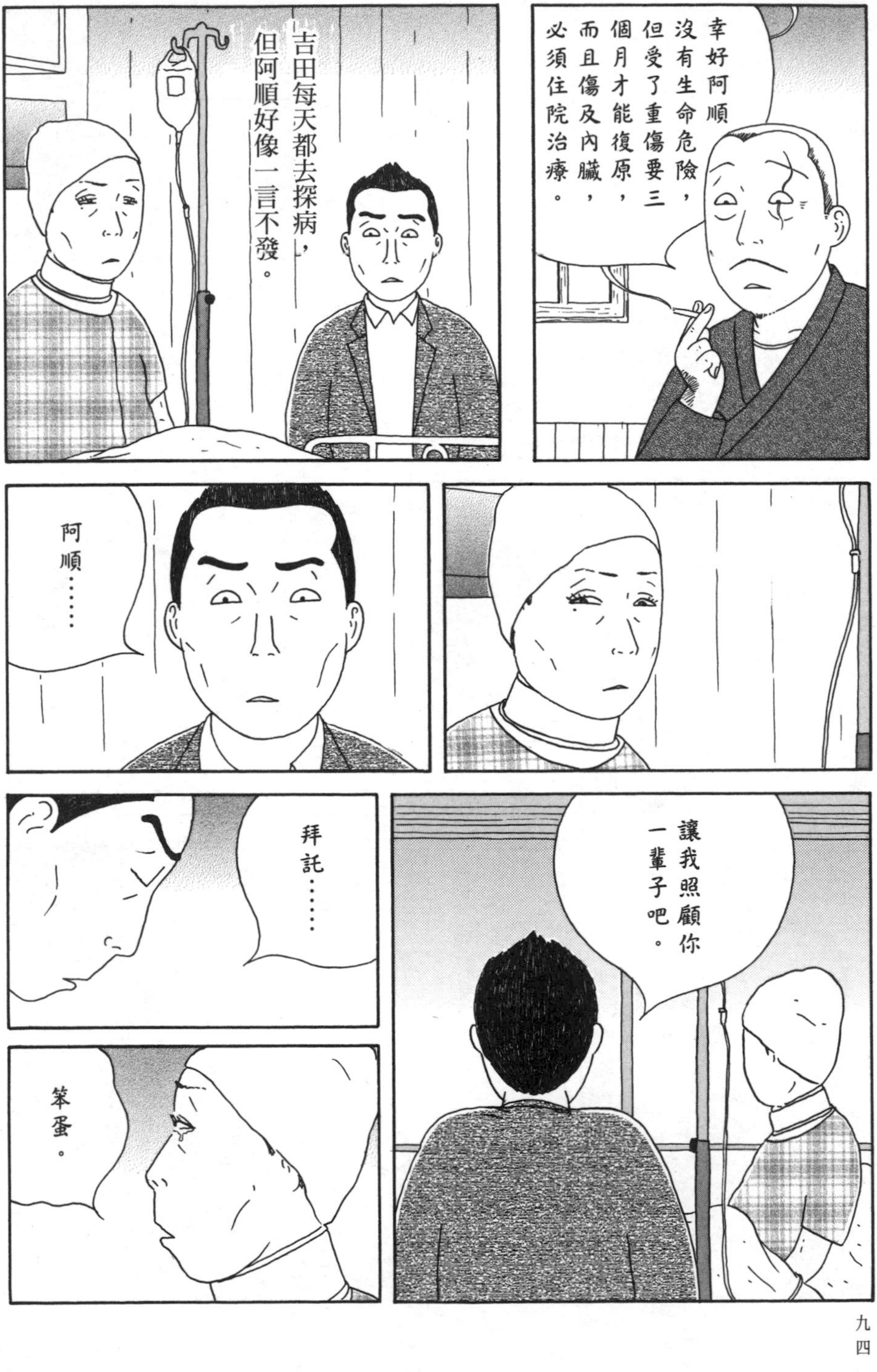
幸好阿順沒有生命危險，但受了重傷要三個月才能復原，而且傷及內臟，必須住院治療。
吉田每天都去探病，但阿順好像一言不發。
阿順……
讓我照顧你一輩子吧。
拜託……
笨蛋。

第221夜◎微辣蒟蒻
有人一紅起來態度就突然改變，
實在很討厭。
久保井熬了二十八年，漫畫被
改編成動畫，最近終於大賣了，
但他的服裝跟態度卻完全沒變，
點的菜也跟以前一樣。
歡迎光臨。
啤酒跟
微辣蒟蒻。
他只喜歡
用紅辣椒炒
煮過的蒟蒻。

啊～
久保井先生怎麼啦？一直笑瞇瞇的。
有什麼好事嗎？
看得出來嗎?!我高中時一直喜歡的女生寫信來了。她還記得我！
一紅起來親戚跟朋友就都來了，要小心啊。
佳代才不是那樣的人。她是天使一樣的女生……不對，她已經四十六歲了。

喏，信上寫什麼？
說她兒子是我的漫畫粉絲，問我能不能替他簽名。
佳代好像住在東中野……
咦?!很近啊！
是啊。我們下週要見面，二十八年沒見啦。
久保井一定非常高興。小小的眼睛裡都出現星星了。
一週後 久保井蹦蹦跳跳地到店裡來。
♪
喀啦
♪
?!
歡迎光臨。

她很漂亮啊，不像四十六。
她現在在做什麼？
離婚之後，一面打工一面養小孩。
欸，那你有機會啦!!
久保井，紅了真好。加油啊。
嗯……
就是說啊。

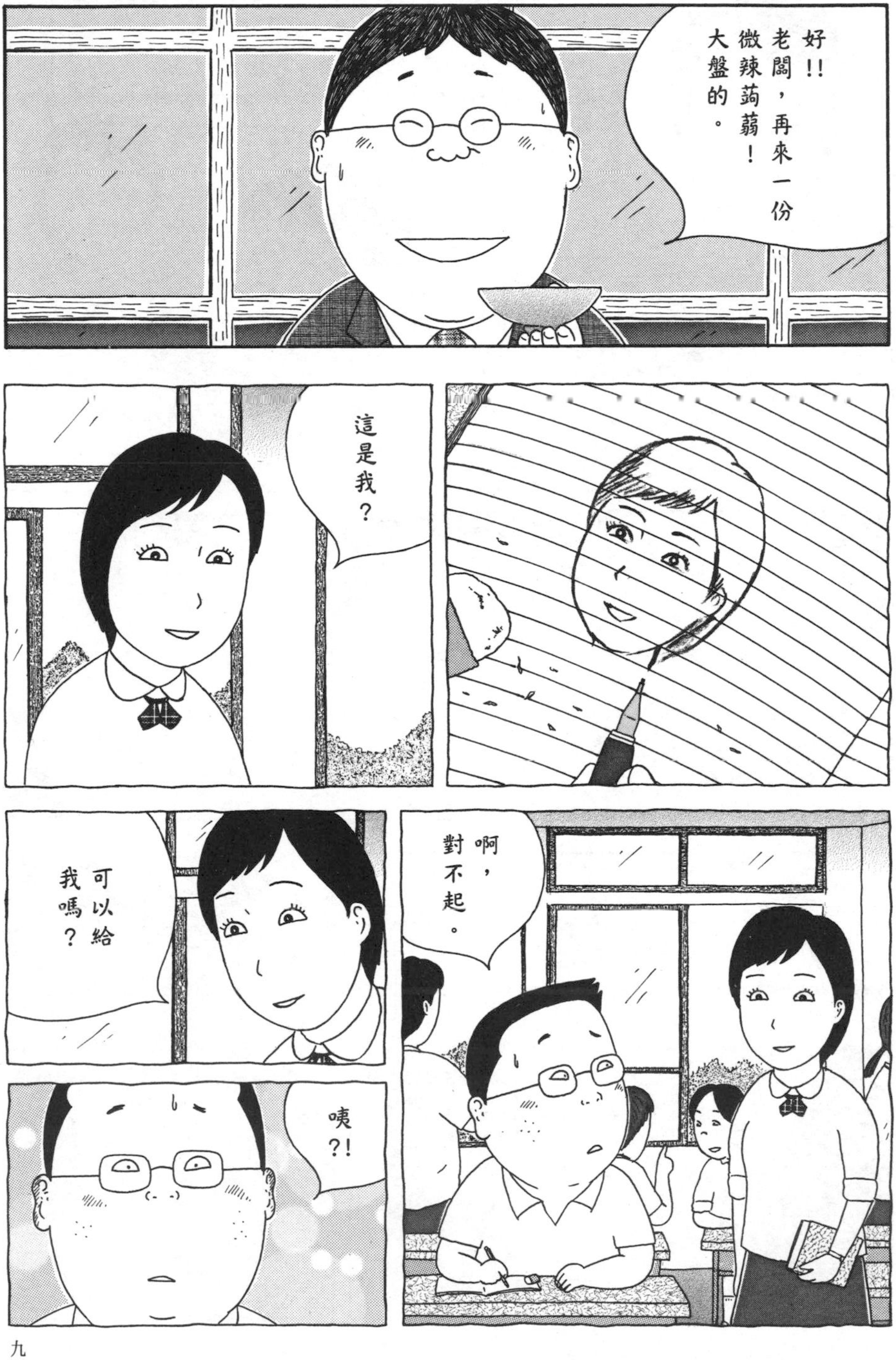
好!!
老闆,再來一份微辣蒟蒻!大盤的。
這是我?
啊,對不起。
可以給我嗎?
咦?!

……
嘶—
久保井謝謝你。要當出名的漫畫家喔！
嗯。
佳代……
久保井先生不知道順不順利。
他很投入啊。之前還說那位女士帶著小兒子去參觀他的工作室。
めしや

除了兒子之外還有小孩？
有個女兒高三了。
每位客人限點三杯酒
唔，高三啊……
初冬的時候，久保井帶著佳代小姐來了。
佳代，妳是不是瘦了？
呃，是嗎……
我打工的時間增加了……女兒說想上美術大學，很花錢。
……

讓我……幫妳一點好嗎？
我現在書賣得不錯……想幫佳代的忙。
久保井……
咦?!
兩人離開後
……
久保井太天真了。
沒關係啦，他高興就好……
……
新年時，久保井帶著她跟另外一人一起來……
BAR
HOW
旅

池田先生……
久保井真厲害，是漫畫大師啊。
三人是在金澤時的高中同學。
沒有啦，還過得去。
應該很賺吧？我光是籌贍養費就辛苦死了。
池田也離婚了。
這樣啊。
我前妻跟有錢人再婚，說不用再給贍養費了。
那太好了，真幸運。
嗯，這樣一來，終於可以跟佳代在一起了。

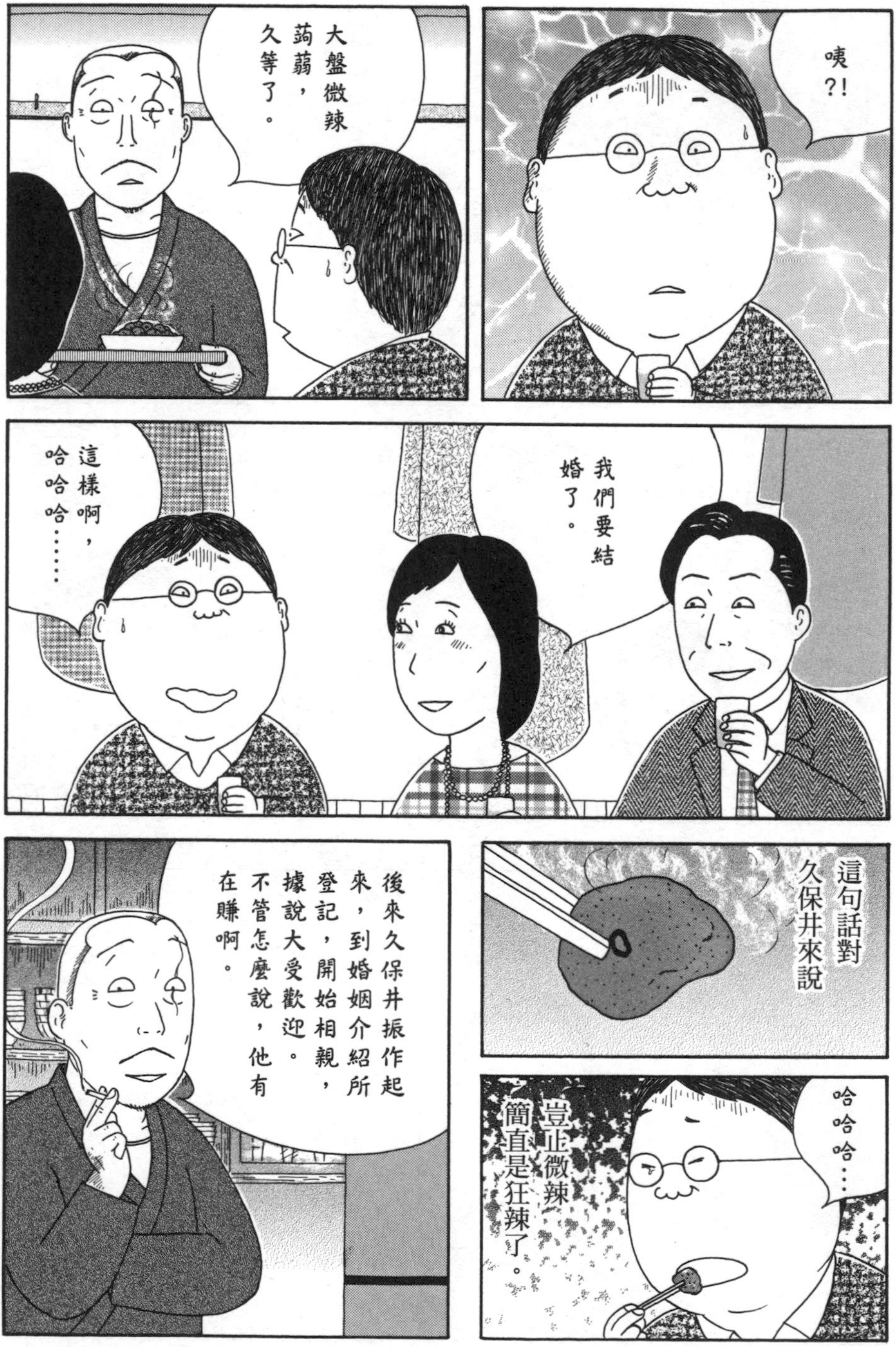
咦?!
大盤微辣蒟蒻，久等了。
我們要結婚了。
這樣啊，哈哈哈……
這句話對久保井來說
豈止微辣簡直是狂辣了。
哈哈哈……
後來久保井振作起來，到婚姻介紹所登記，開始相親，據說大受歡迎。不管怎麼說，他有在賺啊。

第222夜◎炸肉紙
把豬肉拍得跟紙一樣薄然後下鍋油炸的炸肉紙，因為吃起來很有飽足感，會點的只有兩三位一起來的客人……
跟真由美而已。
我們也要炸肉紙。
好。

請。
謝啦。
最近細木跟細川常常一起來，總是點炸肉紙。
交情真好啊。
你們難道是……
不是同志喔。雖然常被人這麼說。
我們都有女朋友。
從幼稚園到大學都一起。
上班的公司總算不一樣了。
啊，只是朋友而已。

每個月一起喝一次酒嗎？
每個月兩次吧。
以前一星期碰一次面，結果細木的女朋友吃醋了。
上次我跟細川一起去泡溫泉，她大哭特哭。
那時真慘啊。
不是跟女朋友，兩個男人一起去泡溫泉？
你們果然是……
不是同志！
可能是想證明這一點吧，細木帶女朋友來了。

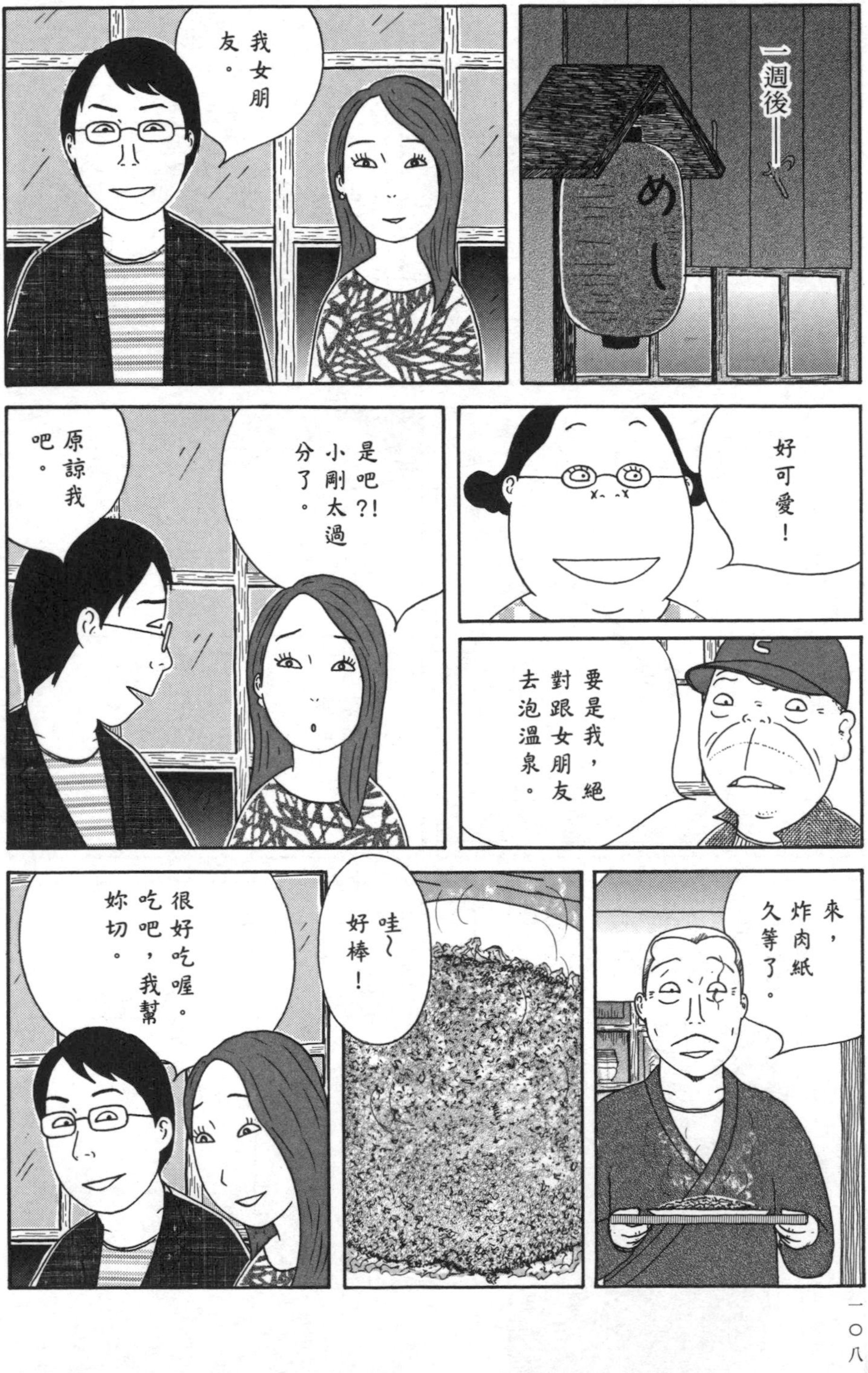
一週後——
めし
我女朋友。
好可愛！
要是我，絕對跟女朋友去泡溫泉。
是吧?!小剛太過分了。
原諒我吧。
來，炸肉紙久等了。
哇～好棒！
很好吃喔。吃吧，我幫妳切。

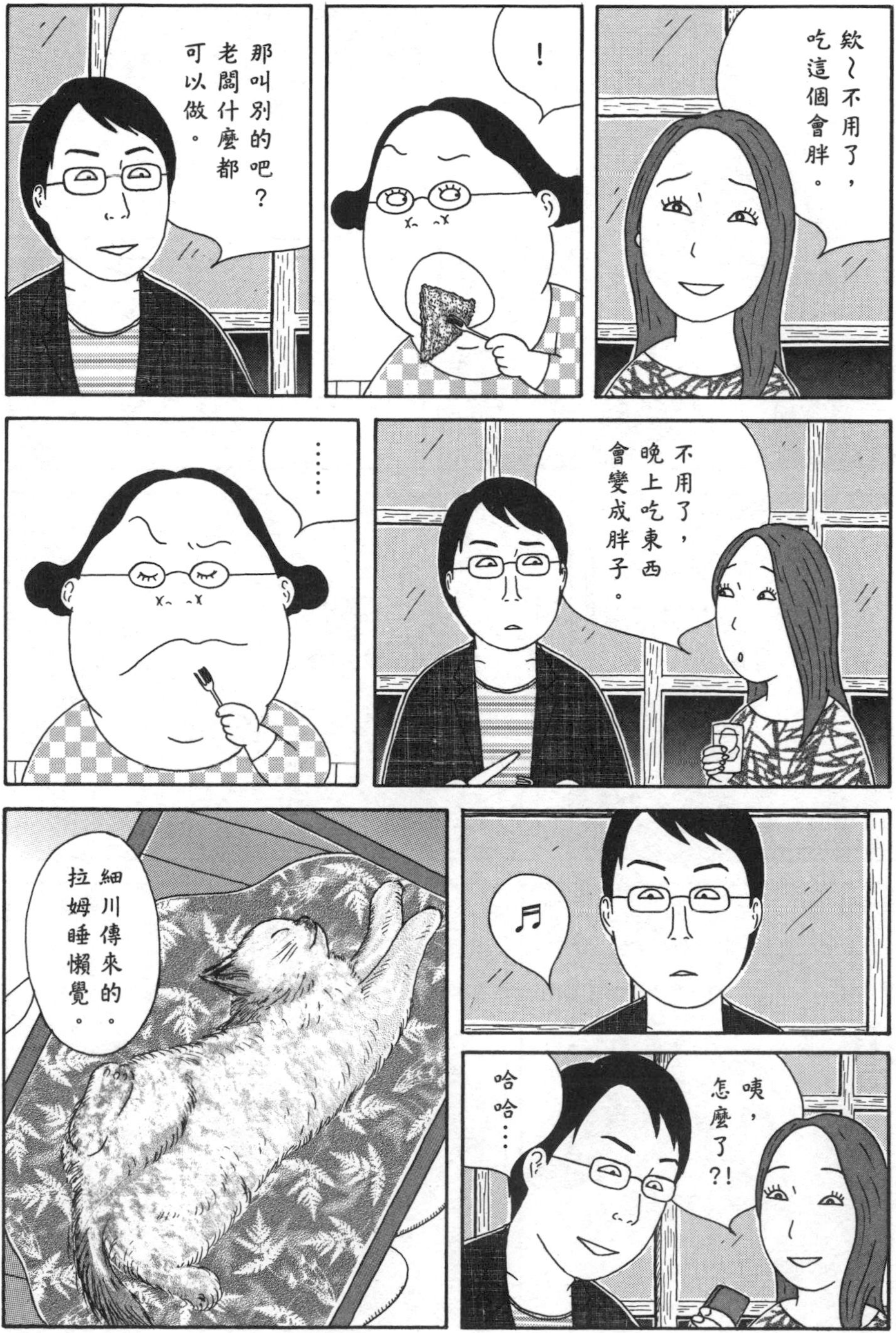
欸～不用了，吃這個會胖。
！
那叫別的吧？老闆什麼都可以做。
不用了，晚上吃東西會變成胖子。
……
♬
咦，怎麼了?!
哈哈……
細川傳來的。拉姆睡懶覺。

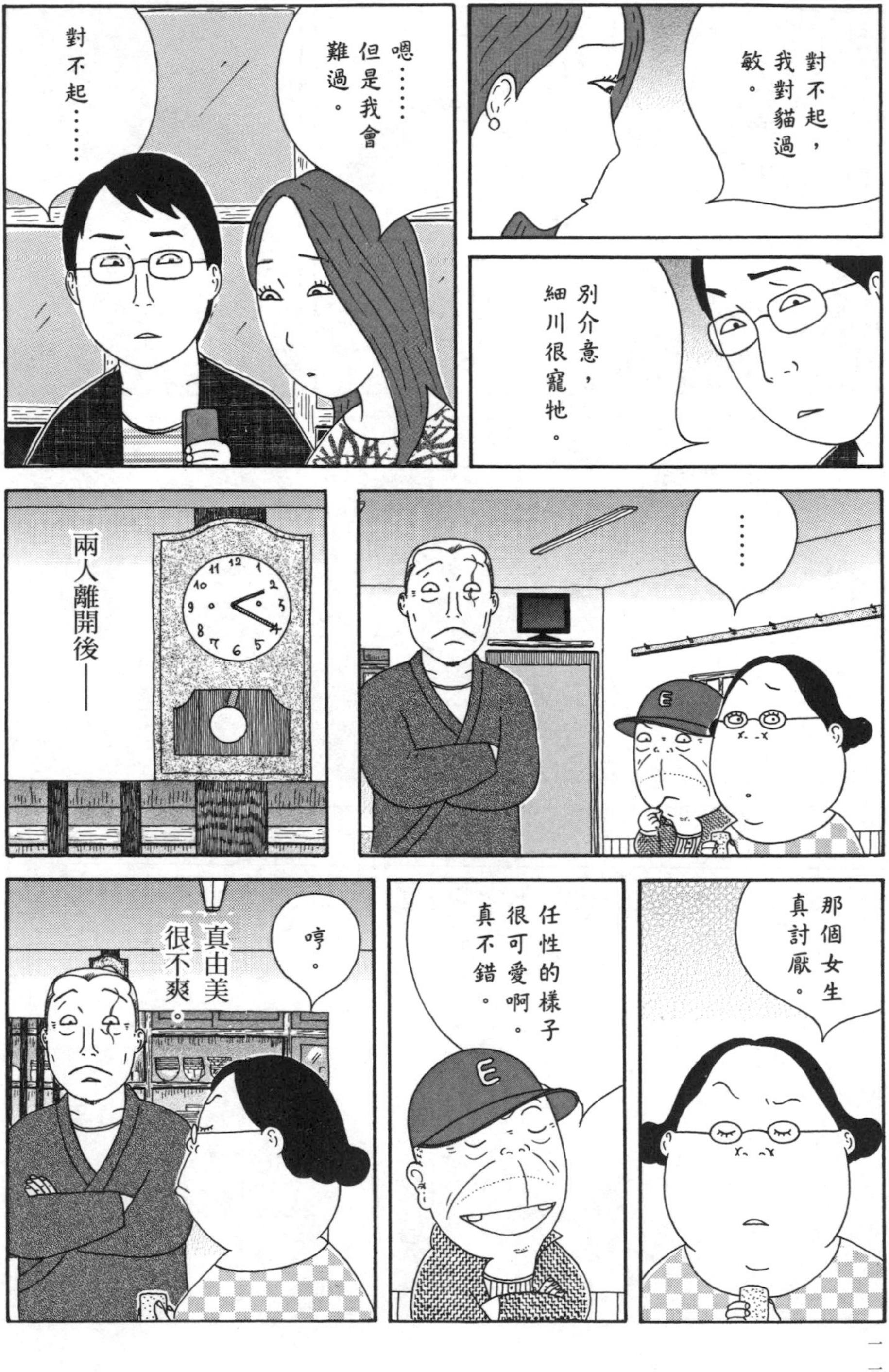
對不起，我對貓過敏。
別介意，細川很寵牠。
嗯……但是我會難過。
對不起……
……
兩人離開後——
那個女生真討厭。
任性的樣子很可愛啊。真不錯。
哼。
真由美很不爽。

兩週後——
めしや
寵物會變得像主人是真的呢。
本來是細木養的貓，但他的女朋友對貓過敏。
所以就寄養在我這了。
嗯～
那個……
我要結婚了……奉子成婚。
咦，真的?!跟那個女的？真的好嗎？

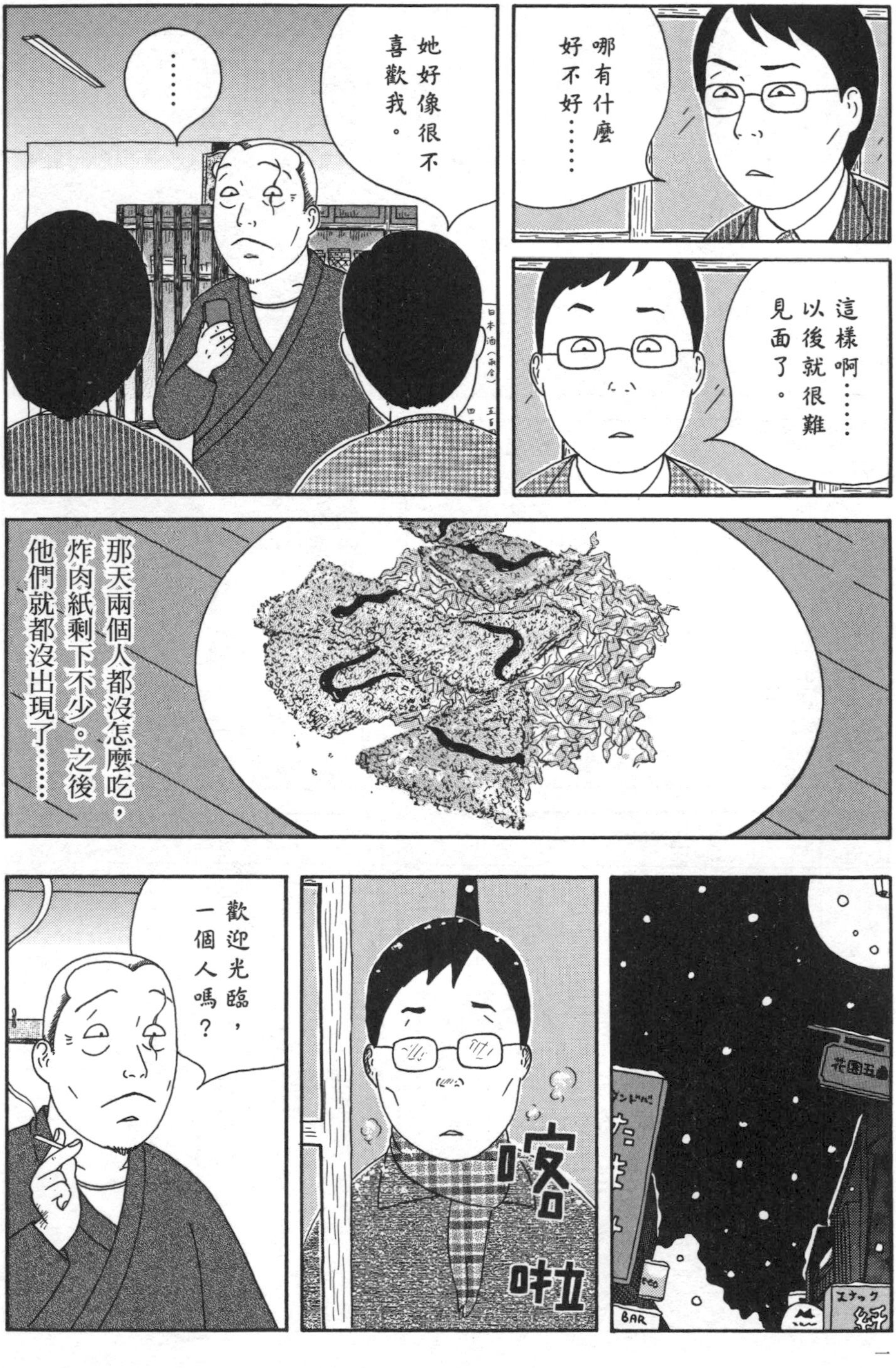
哪有什麼好不好……
她好像很不喜歡我。
……
這樣啊……以後就很難見面了。
那天兩個人都沒怎麼吃，炸肉紙剩下不少。之後他們就都沒出現了……
喀啦
歡迎光臨，一個人嗎？
花園五
BAR
スナック

兩個月來都沒見到細木，這是幼稚園以來第一次……
你們果然是……
就說不是同志了……
他結婚了嗎？
還沒有，同居而已。女朋友是醋罈子，佔有欲非常強，不讓他跟我見面，還檢查他的手機。
不久之後，細川的手機響了。是細木……
呼……
三十分鐘後，細木搭計程車來了。

細木……
她懷孕跟對貓過敏，都是假的。
咦?!
這些都是佔有欲強的醋罈子女友跟她的手帕交聯手計畫的。手帕交跟她吵架，傳簡訊給細木揭露了一切。
跟女友分手後，兩人久違地一起來時，細木這麼說。
果然還是跟細川在一起最好。
哈哈……

# 第223夜◎茄子田樂燒

有些菜只有秋天才做，賀茂茄子的田樂燒就是其中之一。
我開動了。
小百合好像越來越漂亮啦？
哎喲，謝謝小壽壽桑。

那當然啊。變成吉永小百合啦。
什麼？
吉永小百合……
我再婚了，先生姓吉永。嘻嘻，今天在銀行……
吉永女士。
吉永小百合女士。
騷動
這裡。
大家看見我都呆掉了。哈哈……
想也是。

嗯～但是這樣不會很討厭嗎？
我無所謂。變成吉永小百合之後，現在的我最幸福了。
……
老闆，這個好吃！
小百合終於跟好吃懶做又有暴力傾向的先生分手，最近和年輕的卡車司機再婚了。老公工作不在家的時候，會來這裡喝一杯。
小百合走後……
小百合變年輕了。果然嫁了年輕老公就是不一樣。
每次看見她都笑容滿面，問她在想什麼，她就說「老闆色色的，討厭啦。」

真是恩愛，很好啊。她一直以來太辛苦了。
十天以後，小百合滿面愁容地來了。
めしや
怎麼啦？
我婆婆跟住在一起的大嫂吵架，從群馬來了。
好像是個難纏的婆婆呢。
嗯……不是壞人，但總得顧慮她。
她打算一直待著嗎？
……
嗯，好像不想回去。

想當好媳婦可不行喔。小百合就跟平常一樣，不要特別顧慮她。
這樣才是長久相處的秘訣，知道嗎？
好！
這都是媽媽做的嗎？
小百合做的菜太鹹了，不合口味。
唔。

我開動了。
俗話說，秋茄不給媳婦吃呢。
♪
哇，這好好吃！
太好吃了，我可以全部吃掉嗎？
咦?!
一個月後——

第一次見到小百合的先生，還真是個帥哥。在哪找到的？
他是我工作的醫院裡的住院病人。
來，久等了。
今晚怎麼兩人一起來啦？
嘿嘿……婆婆說每天晚上吵得要死，叫我們到外面做，給了賓館費。
喂。
啊。
哎喲，真是好婆婆。

託小壽壽桑的福，我們處得很好。
咦，安娜嗎？
！
大肚子了?!
安娜是她先生前妻的拖油瓶。
我們結婚時她還很小，很黏我。老婆跟我離婚後就立刻再婚了，她跟新爸爸處得不好，高中輟學後離家了。

我偶爾會寄錢給她……對不起，沒跟妳說。
……
老闆，算帳。
?!
回去吧，你很擔心安娜吧。
嗯。
她真是沒一天好日子啊。
安娜高中輟學後跟男人同居，受不了男人的家暴，挺著大肚子逃回群馬。三週後接到電話，說生了一個女孩。
新年剛過，小百合跟先生一起來了。

這麼熱鬧的新年有生以來還是第一次呢。
多虧了她。完全不抱怨，接納了一切。
說什麼啊，這是當然的啊。我現在最幸福了。
小百合變得更漂亮了。
嗯，完全不輸真正的吉永小百合。
我覺得比她更漂亮呢。
別閃我啦。

# 第224夜◎肉片燒

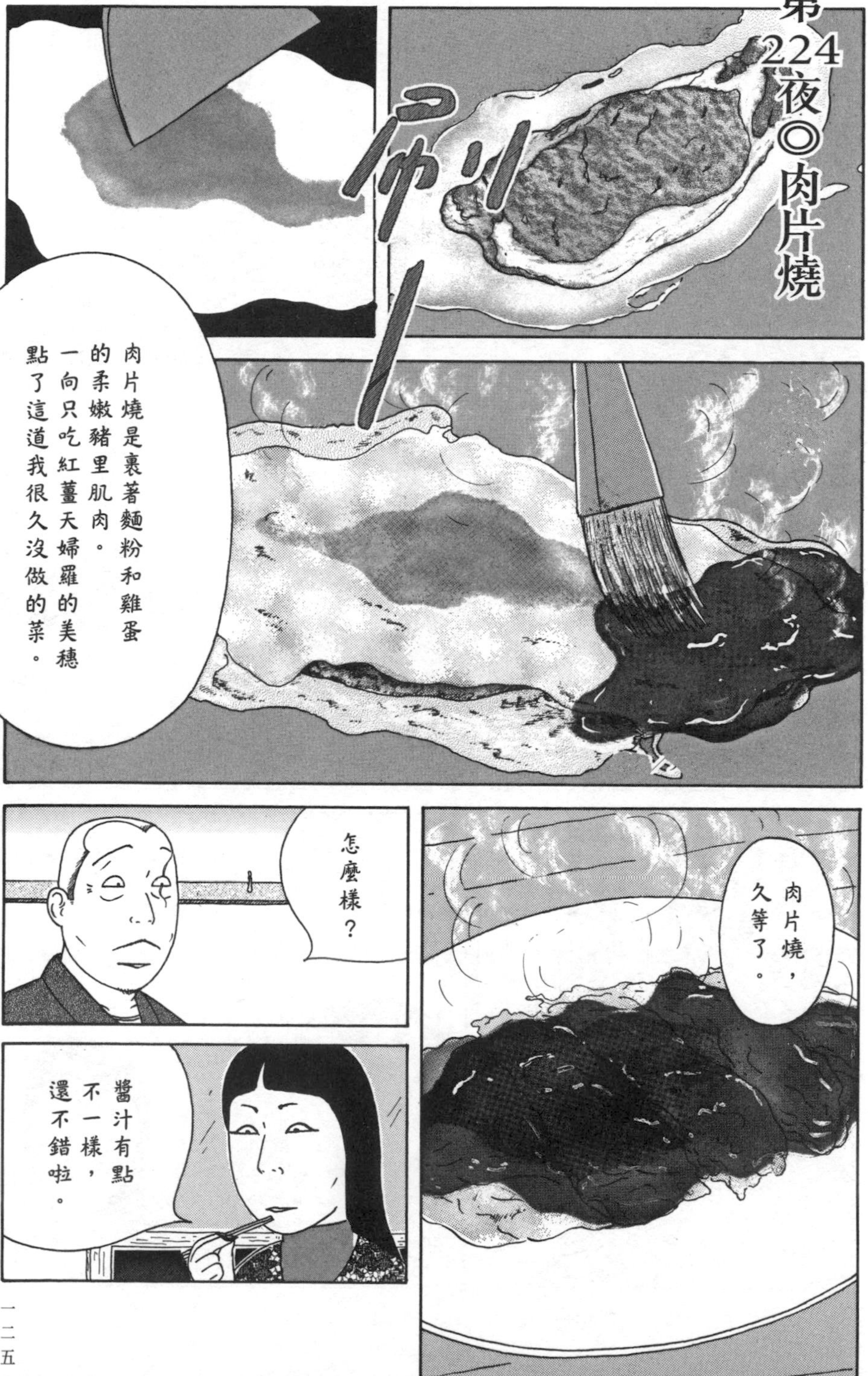
肉片燒是裹著麵粉和雞蛋的柔嫩豬里肌肉。一向只吃紅薑天婦羅的美穗點了這道我很久沒做的菜。
肉片燒，久等了。
怎麼樣？
醬汁有點不一樣，還不錯啦。

我在大阪待過一陣子，常去梅田吃。但是美穗今天為什麼點肉片燒？
我作了個夢，小時候吃肉片燒的夢，然後就突然想吃……夢真是不可思議。
美穗四年前從大阪過來，是個有點怪的女生，好像在做應召。
夢……真討厭。今早作了奇怪的夢。
怎樣的夢？
我像這樣在這裡喝酒，突然有個小女孩進來，叫我「爸爸」。我嚇了一跳，夢就醒了。
你其實心裡有數吧？
才沒有！
喀啦
?!

大家好。
怎麼，是堀江啊。
咦？怎麼啦？
沒事。哈哈哈……
喀啦
爸爸！
?!
咦?!

孩子說，她是跟爸爸一起從大阪來找離家出走的媽媽的。
爸爸的朋友說在歌舞伎町的酒家看見媽媽，爸爸就把她留在咖啡廳自己去找，沒回來了。
咖啡廳關門時，她用爸爸留下的錢結帳，然後就在這附近找爸爸。
她看見堀江先生走過，背影很像爸爸，就跟著到店裡來了。
オフ
サイド
ゆき
這可怎麼辦呢？
嗯。
只能帶去派出所了。
……

妳餓了吧。要不要吃這個？
！
肉片燒?!
對，有點冷了，但很好吃喔。
謝謝。
我開動了。
妳常跟漂亮的媽媽一起去多芮米吧？
！
剛才說的都是謊話吧。

咦?!
多芮米是歌舞伎町新開的SPA。
跟在一臉老實的男人背後叫「爸爸」，大概都會聽她說話，然後給她東西吃吧。
……
我都知道，我小時候也常幹這種事。
我叫美穗。妳叫什麼？
?!
綠川麻友香。
麻友香說她跟喜歡流浪的媽媽在日本各地旅行。媽媽是美人，一到各地酒家之類的地方就會立刻變成頭牌，不愁生活費。

交不到朋友，晚上有點寂寞。
……
老闆，這個。
之後麻友香要是來了，讓她吃她喜歡的東西。
好。
不要再跟在大叔後面啦，寂寞的話就來這裡。
還能跟美穗見面嗎？
碰得到的話。
總是沈默寡言的美穗難得會說出這種話，她雖然什麼也沒說，但小時候一定也吃了不少苦吧。

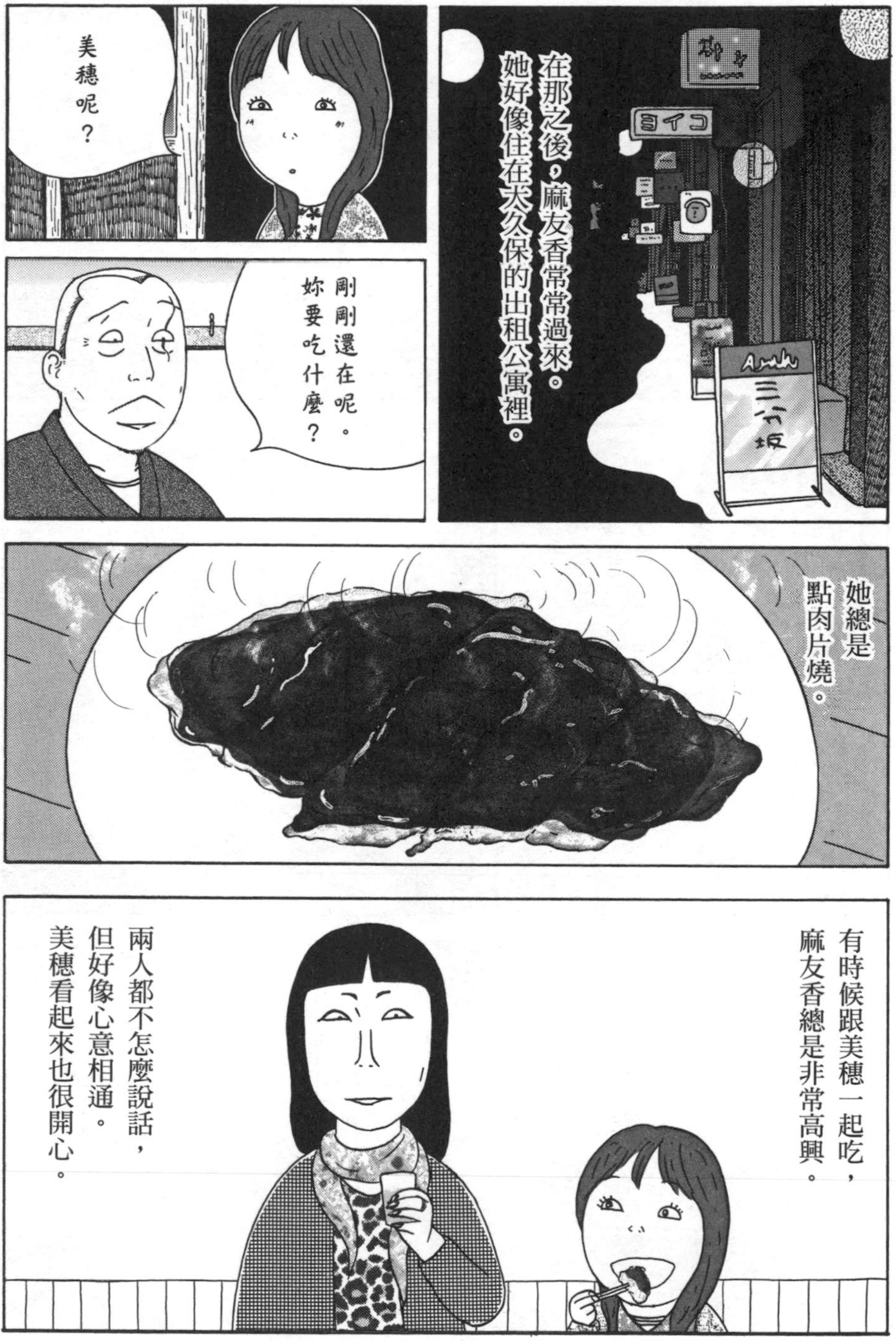
在那之後，麻友香常常過來。
她好像住在大久保的出租公寓裡。
ヨイコ
三分坂
美穗呢？
剛剛還在呢。
妳要吃什麼？
她總是點肉片燒。
有時候跟美穗一起吃，
麻友香總是非常高興。
兩人都不怎麼說話，
但好像心意相通。
美穗看起來也很開心。

有一天──
怎麼啦？穿得這麼漂亮。
這是媽媽買給我的生日禮物。
真是好媽媽。
嗯……心情好的時候……
……
三天後
我正在準備開店──
老闆。
麻友香怎麼啦？

把這個給美穗。
麻友香要去哪裡嗎？
嗯……媽媽說東京太冷要去沖繩。
這樣啊，我會拿給美穗的。下次來東京再來吃肉片燒吧。
嗯，拜拜。
次日——
美穗
謝謝妳請我吃肉片燒
拜拜 下次見
麻友香
麻友香說想快點長大……就跟以前的我一樣。

# 第225夜◎拔絲地瓜

我終於到了跟我爸一樣的歲數了。
去年此時，北條先生一面吃拔絲地瓜一面說。
北條先生幾歲啦？
四十九。我爸四十九歲就死了。

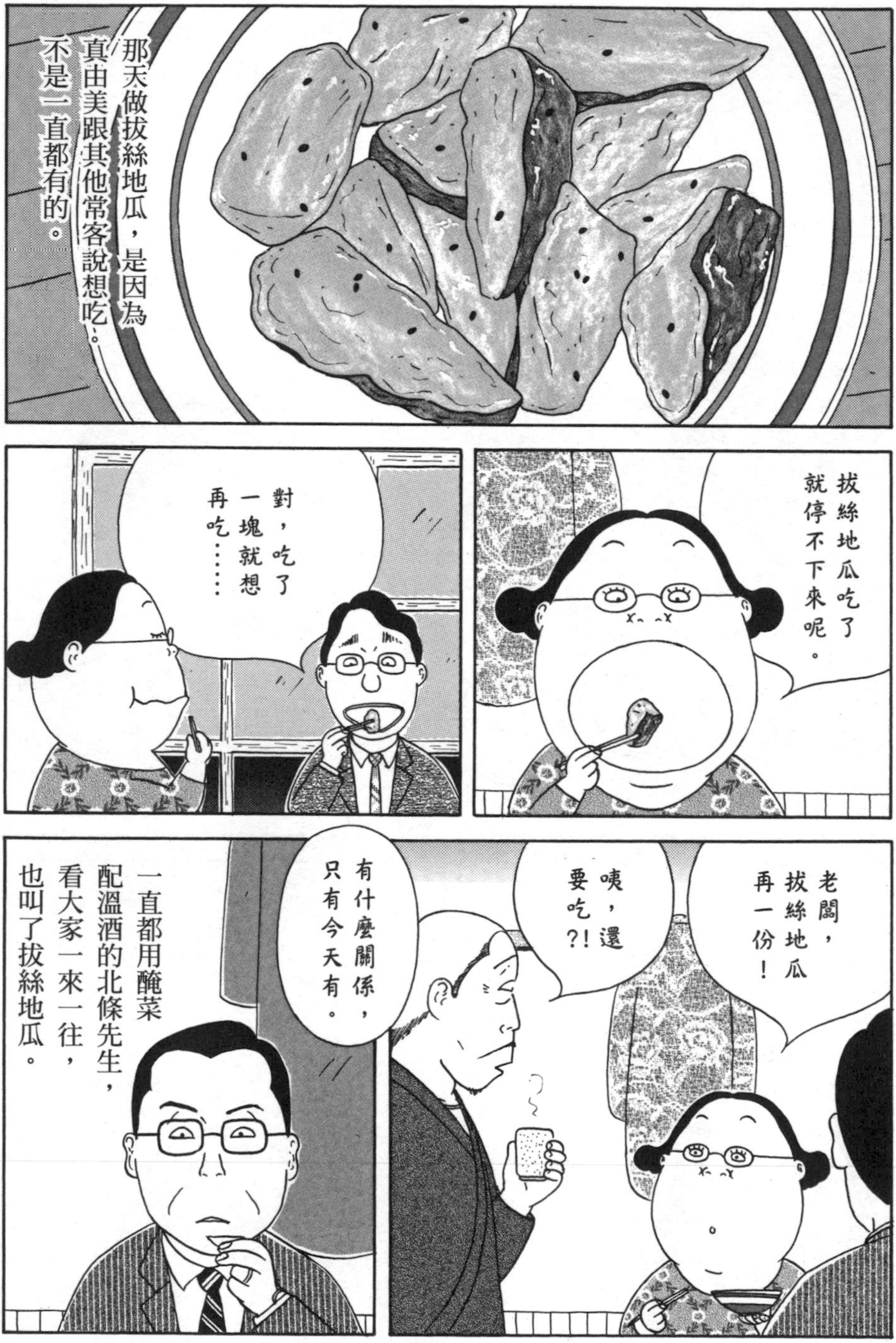
那天做拔絲地瓜，是因為
真由美跟其他常客說想吃。
不是一直都有的。
拔絲地瓜吃了就停不下來呢。
對，吃了一塊就想再吃……
老闆，拔絲地瓜再一份！
咦，還要吃?!
有什麼關係，只有今天有。
一直都用醃菜配溫酒的北條先生，
看大家一來一往，
也叫了拔絲地瓜。

沒想到北條先生會叫拔絲地瓜。
我爸爸常常買回家。
令尊是怎樣的人？
我爸？沒出息又馬虎的男人。
北條先生沒有再說下去，只是默默吃著拔絲地瓜。
北條先生離開後——
第一次聽到那個人除了點菜之外說別的話。
他好像很跩，有點難搞，是做什麼的啊？
北條先生嗎？以前在銀行上班，現在開投資公司。不知道怎麼有興致，最近常常來。

五日後——
めし
歡迎光臨。
我參加了大學同學的守靈式。
生病嗎？
嗯，大腸癌。春天時去醫院，已經來不及了……
他去年才再婚，娶了小十幾歲的年輕太太……
好震驚，跟我同齡卻死了。
北條先生好像深有所感，畢竟他父親也是四十九歲去世。
三個月後——
BAR
シクラメン
こっち

北條先生最近有來嗎？
沒有……記得是三個月前參加朋友的守靈式之後來過。模樣非常沮喪，我有點擔心。
我在吉原的泡泡浴店碰到北條先生了。
啊?!
喲！
那麼一本正經的人也會去泡泡浴啊。
不要消沈就好啦。
那種類型的人多半很悶騷啊。
喀啦

GOOD~ EVENING!
歡迎光臨。
喲，前輩！又碰面啦。
前輩……
老闆，有拔絲地瓜嗎？摩子說超～想吃的。
不好意思，今天沒做。想吃的話現在做吧？要花點時間就是了。
要嗎？
算啦，我們快點走吧。嘻嘻……
老闆，那就下次啦。再見。

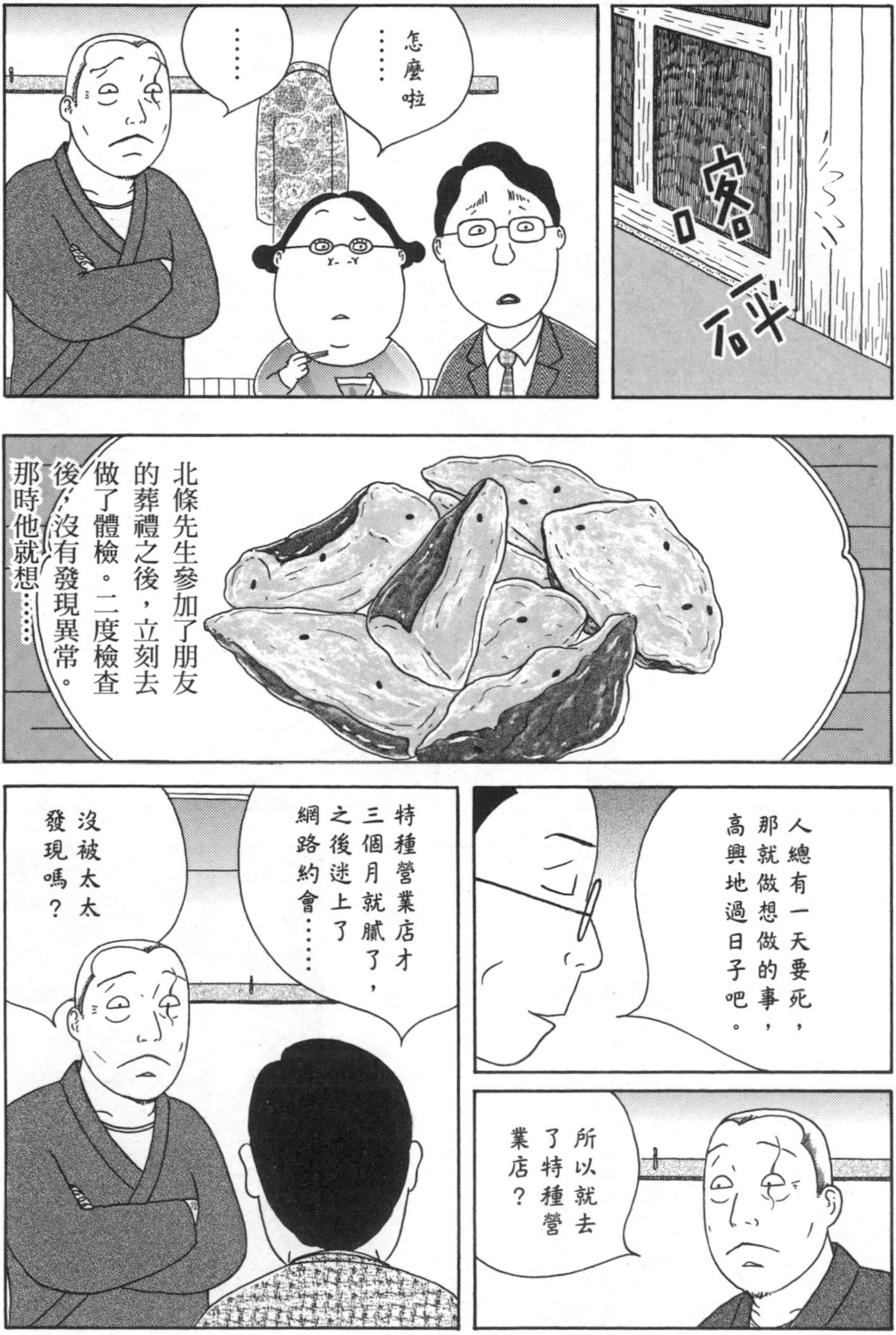
喀碎
怎麼啦……
……
北條先生參加了朋友的葬禮之後，立刻去做了體檢。二度檢查後，沒有發現異常。那時他就想……
人總有一天要死，那就做想做的事，高興地過日子吧。
所以就去了特種營業店？
特種營業店才三個月就膩了，之後迷上了網路約會……
沒被太太發現嗎？

我才沒那麼差勁呢。
現在我也不搞網路約會了，專心跟女朋友交往。
女朋友？
嗯，去年秋天死掉的同學的太太。她來諮詢投資問題，我們就好上了。寡婦還真不錯。
北條先生好像變了呢。
人什麼時候會死都不知道，要及時行樂啊。
那是今年夏天的事。今天是十一月底──
老婆留下離婚協議書離家出走了……
今天律師打電話來談贍養費和財產分配的事。

咦?!
我老婆雇了徵信社蒐集證據，女兒結婚之後她好像就一直在等待時機。
哼，真是丟臉。
老爸?!
太慘了，被老婆拋棄。
我才不想被你這種沒出息又馬虎的男人說呢。
我常買拔絲地瓜回家，因為你媽就喜歡這個。
就算我在外面偷吃，只要回家跟她說我最愛的還是妳，她就會原諒我啦。

你媽可喜歡我啦。
不要在那胡說八道！你一直只顧自己……
拔絲地瓜，久等了。
唔……
作了什麼夢嗎？剛剛說了夢話。
我大概是想跟老爸一樣過日子吧……
老闆，我超過老爸的年紀了……

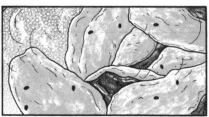

# 深夜食堂

シンヤショクドウ

# 清口菜◎面對面

已經十六集了……好快啊。
啊，值得紀念的第一夜是小壽壽桑跟阿龍認識的故事。
就是，這麼想來跟阿龍也認識很久了。
?!
外面好像有人，開門看看吧。
喀啦
哎喲，怎麼啦？咬著鞋子。

Sok
等一下～抓住那隻狗!!
看見追著狗進來的人，我嚇了一跳。
bar Don 恋
快點，把鞋子還我。
這是在電視劇裡飾演小壽壽桑的綾田俊樹先生。
啊?!
哎喲，難道是小壽壽桑本人？
兩位小壽壽桑滿懷感激的面對面。綾田先生說現在正在拍電影，今年秋天，《深夜食堂》第二彈就要上映啦。
配合電影，《深夜食堂》第十七集也同時發售，請多指教！
2016年 秋
深夜食堂第十七集發售！
電影第二彈同時上映!!

下班後的深夜，
總有個地方等著你光臨。
最開胃的人情物語
第1～16集好評發售中。
深夜食堂
シンヤショクドウ
安倍夜郎
營業時間是午夜十二點到早上七點左右。
你問有沒有客人？
不僅有，還很不少呢。

在這裡，料理只不過是調味料，
人生百態才是主菜。
進來點一道暖心暖胃的菜，
陪你消化日子裡的酸苦與感慨。
街
步
路

## 延伸好味道

《深夜食堂》製作團隊×《dancyu》美食雜誌
日本兩大出版社破天荒跨界合作
讓人回味無窮的美食特集！

深夜食堂
料理特輯
dancyu

**深夜食堂料理特輯**
Big Comic Original、dancyu ／共同編著
安倍夜郎／審訂合作
YY0351　定價 250 元

深夜食堂每晚開店前，
廚房後門邊流傳的機鋒掌故，
最有趣開懷的飲食閒話！

深夜食堂の勝手口
堀井憲一郎
樸實趣味的日式隨筆
揭開深夜食堂每晚開店前
在廚房後門邊流傳的
這些那些……

**深夜食堂之勝手口**
堀井憲一郎／著
安倍夜郎／審訂合作
YY0352　定價 250 元

## 即將上菜

《深夜食堂》料理設計師飯島奈美的
42 道暖心暖胃的魔法料理，美味重現！
獨家收錄安倍夜郎 × 飯島奈美對談特輯

飯島奈美
深夜食堂
の料理帖
漫画　安倍夜郎

（日文版封面）

**深夜食堂料理帖**（暫譯）
飯島奈美／著
安倍夜郎／漫畫
2016 年秋季熱烈上市

深夜食堂YY0316

# 深夜食堂16

作者
## 安倍夜郎（Abe Yaro）
一九六三年二月二日生。曾任廣告導演，二〇〇三年以《山本掏耳店》獲得「小學館新人漫畫大賞」，之後正式在漫畫界出道，成為專職漫畫家。
《深夜食堂》在二〇〇六年開始連載，隔年獲得「第55回小學館漫畫賞」及「第39回日本漫畫家協會賞大賞」。由於作品氣氛濃郁、風格特殊，三度改編日劇播映。同時改編電影，二〇一五年搬上大銀幕。

譯者
## 丁世佳
以文字轉換糊口二十餘年，英日文譯作散見各大書店。對日本料理大大有愛；一面翻譯《深夜食堂》一面照做老闆的各種拿手菜。

---

裝幀設計　黑木香
美術設計　佐藤千惠+Bay Bridge Studio
版面構成　兒日
內頁排版　黃雅藍
手寫字體　鹿夏男
責任編輯　王琦柔
行銷企劃　傅恩群
版權負責　陳柏昌
副總編輯　梁心愉

初版一刷　二〇一六年五月三十日
初版九刷　二〇二二年十一月二十五日
定價　新臺幣二〇〇元

**ThinKingDom 新経典文化**
發行人　葉美瑤
出版　新經典圖文傳播有限公司
地址　臺北市中正區重慶南路一段五七號一一樓之四
電話　02-2331-1830　傳真　02-2331-1831
讀者服務信箱　thinkingdomtw@gmail.com
部落格　http://blog.roodo.com/thinkingdom

總經銷　高寶書版集團
地址　臺北市內湖區洲子街八八號三樓
電話　02-2799-2788　傳真　02-2799-0909
海外總經銷　時報文化出版企業股份有限公司
地址　桃園市龜山區萬壽路二段三五一號
電話　02-2306-6842　傳真　02-2304-9301
版權所有，不得轉載、複製、翻印，違者必究
裝訂錯誤或破損的書，請寄回新經典文化更換

---

深夜食堂 / 安倍夜郎作 ; 丁世佳譯. -- 初版. --
臺北市 : 新經典圖文傳播, 2016.05-
152面 ; 14.8X21公分

ISBN 978-986-5824-61-7（第16冊 : 平裝）

深夜食堂16
© 2016 ABE Yaro
All rights reserved
Original Japanese edition published in 2016 by Shogakukan Inc.
Traditional Chinese translation rights arranged with Shogakukan Inc.
through Japan Foreign-Rights Centre / Bardon-Chinese Media Agency

Printed in Taiwan
ALL RIGHTS RESERVED.